So geht das nicht weiter! Im Kopf habe ich schon 1000 Anfänge gefunden - aber tatsächlich angefangen? Fehlanzeige! Das ist sonst gar nicht meine Art. Ich agiere ansonsten nach dem Motto: Woher soll ich wissen, was ich denke, bevor ich höre was ich sage, beziehungsweise: Bevor ich lese, was ich schreibe. Vor allem sage ich immer: Bange machen gilt nicht! Das hat mir meine Oma mit auf den Weg gegeben. Bei ihr hieß es aber immer: Bange machen gildet nicht. Ob jetzt gilt oder gildet, das ist ja nicht so wichtig. Und deshalb fange ich einfach an. Auch wenn ich offen gestanden keine Ahnung habe, wohin mich die Tipperei führen wird.

„Sag `Guten Tag` und stell dich vor, wenn du irgendwo hin kommst." So habe ich es gelernt. Also: Mein Name ist Petra Herrmann, und ich lebe mit meinem Mann Matthias und unseren Töchtern Lisa, Marie und Anne auf einem kleinen Hof in Haltern. Zur Familie gehören außerdem sechs Pferde, drei Hunde, zwei Schweine, drei Kaninchen, drei Hühner, drei Katzen, zahlreiche Frösche und Aziz. Um ihn geht es in diesem Buch.

Freiheit, Kunst und Hühnermägen

Geschichte einer außergewöhnlichen deutsch-syrischen Freundschaft

-

Den Titel finde ich klasse. Die drei Worte umreißen das, worum es im Folgenden geht. Sie fassen meine Erlebnisse mit Aziz zusammen. Wobei: Über „Freiheit, Kunst und Hühnermägen“ müsste noch dick und fett „Freundschaft“ stehen. Aber dann klingt es nicht mehr so flüssig. Aber dieses Buch ist ein Buch über eine Freundschaft.

1. Auflage 2017

Autor: Petra Herrmann
Umschlaggestaltung: Rieke Hellmich
Printed in Germany

Verlag: tao.de in J. Kamphausen Mediengruppe GmbH, Bielefeld,
www.tao.de, eMail: info@tao.de

ISBN Hardcover: 978-3-96051-726-9

ISBN Paperback: 978-3-96051-725-2

ISBN e-Book: 978-3-96051-727-6

Inhalt

Daumen hoch

Diese Freundschaft beginnt auf Facebook. Das ist heute ja nichts Ungewöhnliches, aber ich bin da eher „Oldschool". Mein Facebookfreundeskreis ist überschaubar, und ich treffe die meisten meiner Facebookfreunde öfter live als virtuell.

Einen Tag nach unserem Begegnungsfest am Schloss unter dem Motto „Fremde sind Freunde, die wir noch nicht kennengelernt haben" (nur am Rande: Ja, ich organisiere solche Feste leidenschaftlich gerne!) erhalte ich eine Nachricht über Facebook. Es ist ein Bild, ein mit Kugelschreiber gemaltes Boot voller Menschen. Die Menschen sind ineinander verknäult, die Wellen schlagen hoch. Beim Betrachten verknäult sich mein Magen und mir steigen die Tränen hoch. Ich antworte dem jungen Maler, versichere ihm, dass dieses Bild sehr ausdrucksstark ist und like es. Und ich frage ihn, was er momentan malt. Die Antwort lautet: „Ich habe kein Material." Ob ihm bei dieser Antwort der Googleübersetzer oder Freunde geholfen haben, das ist seiner Erinnerung entfallen. Nun, ich neige zu spontanen Reaktionen und kaufe Leinwände und Kohlestifte. Als ich mit diesen schließlich vor der Sammelunterkunft „Jägerhof" stehe, wird mir mulmig. Ich weiß, hier leben 40 Männer aus 16 Nationen. Wahrscheinlich wird mich niemand verstehen. Außerdem weiß weder meine Familie noch einer meiner Freunde, wo ich bin. Aber wie sagte meine Oma immer: „Bange machen gildet nicht!" Also, ich atme durch, erinnere mich an den Selbstbehauptungskurs, den ich vor 100 Jahren gemacht habe und erlebe einen wunderbaren Nachmittag. So viel Herzlichkeit und Gastfreundschaft habe ich selten erfahren.

Okay, der Tee ist vielleicht ein wenig sehr süß. Man hätte ihn der Einfachheit halber auch direkt in den Zuckerpott kippen können, aber was soll´s. Wir, das heißt die vier Bewohner des Zimmers, in dem der junge Künstler wohnt und ich, haben Spaß. Ich verstehe zwar kaum ein Wort von dem, was sie sagen, und umgekehrt verstehen sie mit Sicherheit auch nicht viel mehr als „Bahnhof". Aber irgendwie versteht man sich doch. Und so bleibt es nicht bei diesem einen Treffen.

Der junge Maler und ich treffen uns weiter regelmäßig; zum Spazierengehen und Deutsch lernen. Ich erfahre, dass er Aziz heißt, 21 Jahre jung ist und aus Syrien stammt. Er ist Kurde und strenggenommen gar kein Künstler, sondern Mechatronikstudent. Doch seine Studienzeit dauerte nicht lange, „dann Uni kaputt". Die Deutschkenntnisse beschränken sich auf „Wie geht es dir?" „Ich heiße Aziz und komme aus Syria." und „Angela Merkel gut". Aber dennoch verstehe ich die Geschichte seiner Flucht, sein Heimweh und seine Beweggründe, die Heimat zu verlassen. Ich kann es rückblickend nicht erklären, wie uns diese Verständigung gelungen ist. Aber es ging. Man kann auch mit dem Herzen hören; das Wesentliche ist für die Ohren unhörbar (frei nach dem kleinen Prinzen). Ich bekomme Einblick in eine Welt, von der ich immer wusste, dass es sie gibt. Aber diese Welt hat mich nie wirklich betroffen. Das stimmt nicht ganz. Natürlich haben mich die Bilder und Informationen über den Krieg in Syrien auch vor der Begegnung mit Aziz geschockt und traurig gemacht. Aber die Betroffenheit hat jetzt eine andere Dimension. Die Betroffenheit ist persönlich geworden. Der Krieg in Syrien und die „Flüchtlingswelle" haben einen Namen, haben ein Gesicht bekommen. Und das fühlt sich völlig anders an.

Ich gehe mittlerweile regelmäßig im „Jägerhof" ein und aus. Auf der einen Seite ist es erschreckend. Im Vier-Mann-Zimmer stehen genau vier Betten, vier Spinde, vier Stühle, ein Tisch. Jedes Wartehäuschen im Bahnhof von Pusemuckel strahlt mehr Behaglichkeit aus. Die Küche ruft Erinnerungen an meine schlimmsten WG-Zeiten wach. Ich erspare jetzt die Details. Auf jeden Fall herrscht hier in so manchem Mikrokosmos reges Leben. Auf der anderen Seite begegnen mir alle Menschen ausgesprochen höflich und freundlich. „Guten Tag. Wie geht es dir?" Damit enden die Möglichkeiten der Kommunikation zwar meist schon. Aber fehlende Deutschkenntnisse werden mit herzlichem Lächeln wettgemacht.

Für Aziz gibt es ein Problem: Er kann im Jägerhof nicht malen. Im Vier-Mann-Zimmer ist kein Platz für Farben und Leinwände, im Aufenthaltsraum wird gekickert, Tischtennis gespielt, der Fernsehapparat läuft. Die Geräuschkulisse ist dementsprechend. In dieser Atmosphäre kreativ zu sein, ist ungefähr so erfolgsversprechend wie Meditationsversuche auf dem Nürburgring bei „Rock am Ring".

An unserer Pinnwand in der Küche hängt ein Spruch: „Ich habe eiserne Prinzipien. Wenn sie Ihnen nicht gefallen, ich habe aber auch noch andere." Und so werfen meine Familie und ich das Prinzip „Keine Flüchtlinge privat auf unseren Hof einladen" (jaja, solche Prinzipien hatten wir mal) über den Haufen und stellen Aziz unseren Container, den wir sonst als Reiterstübchen nutzen, als Atelier zur Verfügung.

Um es kurz zu machen: Dabei bleibt es nicht. Es ist Winter, es ist kalt, nass, grau und ungemütlich. Aziz Begeisterung fürs Fahrradfahren hält sich in Grenzen; seine körperliche Fitness auch. Und so nehme ich, nachdem sich mit dem Erwerb des Führerscheins meiner zweiten Tochter Marie eine deutliche Entspannung abzeichnete, die Mama-Taxi-Dienste wieder auf. Am frühen Nachmittag: Aziz im Jägerhof abholen, am späten Abend (oder auch nachts, je nach Dauer und Intensität der Gespräche) Aziz wieder zum Jägerhof bringen. Der Spritverbrauch, der Kilometerstand und meine zeitliche Belastung steigen an. Es ist Marie, die die Lösung findet: „Lass Aziz doch in unseren Wohnwagen einziehen."

Der Umzug ist völlig unspektakulär. Es passt alles bequem in einen Kangoo: Leinwand, Farben, zwei Plastiktüten, ein Fahrrad. Fertig! Im Radio läuft „Es reist sich leichter mit leichtem Gepäck." Mein Kopf und mein Herz sind auf jeden Fall voller als der Kofferraum des Autos.

Kulinarisches

Mit Aziz ziehen einige Veränderungen mit ein. Neben dem Vollkornbrot liegt jetzt arabisches Brot im Brotkorb, im Kühlschrank stehen neben Käse, Salami und Fleischwurst nun hummus, alhums und tahina.

Laut eigener Aussage hat Aziz Haushaltsführung und Kochen lediglich aus der Ferne beobachtet. Dafür waren Mama und seine Schwestern zuständig. Da er der deutschen Küche, besonders meinen Kochkünsten nicht viel abgewinnen kann, wird er selbst aktiv. Per Whatsapp lässt er sich von Mama und Schwestern die Zubereitung von „Torschek", „Maria" und anderen Gerichten erklären. „Petra, heute koche ich!", verkündet er. Es gibt „Torschek", eine Art Pfanneneintopf mit Tomaten, Auberginen, Zwiebeln und Hähnchenfleisch. Super! Es schmeckt! Die gesamte Familie Herrmann ist begeistert, Aziz freut sich und ist stolz. Wir sind auch ein bisschen stolz, denn unsere Bemühungen, auf Messer und Gabel zu verzichten und landestypisch die Speisen mit Brot zum Mund zu führen, werden immer weniger ungelenk. Unsere Versuche können sich langsam sehen lassen. Immer mehr landet dort, wo es hin soll und nicht auf Hemd, Hose oder Tischtuch.

Beflügelt von den Erfolgen, köstliches Torschek zuzubereiten, wagt sich Aziz an eine weitere Spezialität: Hühnerleber. Um es vorsichtig auszudrücken: Ich bin skeptisch! Irgendwie ruft allein das Wort „Leber" bei mir unschöne Assoziationen hervor. Aber, wie sagte meine Oma? „Bange machen gildet nicht!" Und in diesem Falle hätte sie noch gesagt: „Ich bin vor nix fies."

Ich schalte mein Kopfkino aus und drücke den Reset-Knopf. Hühnerleber? Warum nicht? So schlecht riecht das Ganze eigentlich gar nicht. Und tatsächlich: So schlecht schmeckt das Ganze auch gar nicht. Also gut, Hühnerleber wird nicht meine Leibspeise, aber man kann sie essen, ohne zu würgen.

Für Aziz gehört Hühnerleber zu seinen Leibspeisen. Denn schon ein paar Tage nach meiner Hühnerleber-Premiere verkündet er: „Petra, ich koche heute. Wie heißt das?“ Er zeigt dorthin, wo er seine Leber vermutet. Ehrlich gesagt habe ich keine genaueren Kenntnisse der menschlichen Anatomie, aber ich habe verstanden. „Hühnerleber!“ „Ja, genau!“ Er greift in die Tiefkühltruhe, holt das Päckchen heraus und befördert den Inhalt in die Pfanne. „Petra, was ist das?“ Meine Anatomiekenntnisse im Bereich von Hühnerorganen liegen noch unter meinen Kenntnissen der menschlichen Anatomie. Trotzdem versichere ich nach einem kurzen Blick in die Pfanne: „Hühnerleber“. Was soll da auch sonst drin sein? Aziz schaut ein bisschen irritiert, aber fährt dann streng nach den Whatsapp-Anweisungen von Mama und Schwestern mit der Zubereitung fort. „Petra, was ist das?“ fragt Aziz, als wir schließlich am Tisch sitzen. Er wirkt mehr als ein bisschen irritiert. Ja, gute Frage. Es sieht aus wie, nein, dazu fällt mir kein Vergleich ein. Ich rufe mir wieder den Rat meine Oma ins Gedächtnis (Bange machen gildet nicht. Ich bin vor nix fies.) und stecke mir mutig – ich gebe zu, mit einiger Überwindung – ein Stück von diesem Fleisch in den Mund. Oh je! Es schmeckt wie alter, ausgespuckter Kaugummi, den man von der Straße gekratzt und dann frittiert hat. Ich sage nichts und versuche, meine Gesichtszüge nicht entgleisen zu lassen. Wahrscheinlich schaue ich ziemlich dämlich. Auch Aziz hat den ersten Bissen in den Mund gesteckt. Ehrlich gesagt, schaut auch er ziemlich dämlich. „Petra! Was ist das?“

Wir müssen beide grinsen und schließlich lachen. Er fragt: „Schweine essen alles?“ Und so kommen unsere Schweine in den Genuss einer Zwischenmahlzeit. Knirps und Rosa fragen nicht einmal „Was ist das?“ Sie freuen sich und verschlingen alles mit zufriedenem Grunzen. Hätte ich die erste Frage „Petra, was ist das?“ ernster genommen, wäre ich wahrscheinlich nie in den Genuss von Hühnermägen gekommen. Dann hätte ich nie die Erfahrung gemacht, dass Hühnermagen wie von der Straße gekratzter, ausgekauter frittierter Kaugummi schmeckt. Mir würde also eine wichtige Lebenserfahrung fehlen. Und für Aziz hat der Spruch „Wer lesen kann, ist klar im Vorteil“ eine ganz persönliche Bedeutung bekommen.

In meiner Jugend muss ich meine Mutter an den Rand des Wahnsinns getrieben haben. Mein missionarischer Eifer in Richtung ökologisch-biodynamischer-vollwertiger Ernährung war beachtlich. Aber so recht ließen sich meine Eltern nicht von Grünkernbratlingen, Sojaschnitzeln und paniertem Sellerie begeistern. Deftige Hausmannskost war angesagt. Aber meine Kinder haben sich die ersten Lebensjahre gesund ernährt: Vollkornnudeln, Dinkelstangen und Fruchtsaftbärchen. Sie haben es überlebt; und sind jetzt, nachdem sie sich fastfoodmäßig (und auch sonst) ausgetobt haben, als junge Erwachsene Vegetarier oder zumindest Teilzeit-Vegetarier. Nun, mein Dogmatismus hat mit zunehmenden Lebensjahren abgenommen. Der Einzug von Aziz hat ihn gänzlich verschwinden lassen. Frühstücken mit Aziz? Absolute Fehlanzeige. Vor 12 Uhr kann er keine feste Nahrung zu sich nehmen. Ich bin froh, wenn er es schafft, früh morgens seinen Stoffwechsel aufrecht zu erhalten. Alles weitere grenzt an Überforderung.

Bevor ich mich morgens daran mache, Pferde zu füttern, Pferdeäpfel zu entfernen, Heuraufen zu füllen, Wasserbottiche zu säubern und was sonst halt auf einem kleinen Hof so anfällt, brauche ich unbedingt feste Nahrung. Sonst kommt mein Stoffwechsel spätestens nach der zweiten Schubkarre mit Pferdemist zum Erliegen. Also hat es sich so eingebürgert, dass wir beide um 12 Uhr essen; ich zu Mittag, Aziz zum Frühstück. Nach einigen Experimenten kristallisiert sich ein kleinster gemeinsamer Nenner heraus: Tiefkühlpizza, TKP. „Das ist super, Petra!“ so Aziz Urteil. Und da mein Zeitplan oft recht straff getaktet ist, kann ich TKP auch etwas abgewinnen. Wenn ich die Packungen TKPs gleich im Dutzend in den Einkaufswagen packe, kommt mir der Gedanke, dass eine Burka jetzt durchaus von Vorteil wäre. Was, wenn mich jetzt jemand sieht?

Aber keine Sorge, niemand in unserer Familie wird an Skorbut erkranken. Denn abends kommen wir oft in den Genuss von Torschek, Maria oder Pommes. Wenn das meine Mutter liest, wird sie süffisant grinsen.

Beim Thema „Frühstück“ schimmerte es schon ein wenig hervor. Ein Tagesablauf in Syrien unterscheidet sich von einem Tagesablauf in Deutschland. Dies wird mir besonders deutlich, als ich Aziz erinnere: „Aziz, morgen müssen wir um 9 Uhr zum Jobcenter.“ „Okay, Petra. Morgen oder Abend?“ Ich muss ihm mehrfach versichern, dass es ganz bestimmt 9 Uhr in der Früh ist. „Petra, in Syria wir gehen immer einkaufen um 2 Uhr in der Nacht.“ Nun, bei einem meiner nächsten Behördenbesuche werde ich nachfragen, was sie von flexibleren Öffnungszeiten halten würden.

Menschen und Bürohengste

Apropos Behördengänge:

Vorweg: Es gibt sie; die netten, engagierten Menschen in der Verwaltung, die sich ihre Menschlichkeit bewahrt haben, ihre Kunden mit Namen anreden, zwischendurch ein Lächeln verschenken (oder sogar leckere Weihnachtsplätzchen) und bemüht sind, so individuell wie möglich zu helfen. Gäbe es eine Rankinglist, dann wären Mitarbeiter des Sozialamtes und des Jobcenters Haltern mit Sicherheit unter den Top Ten. An dieser Stelle ein riesiges DANKE an alle Verwaltungsmitarbeiter, die sich ihre Menschlichkeit inmitten des Behörden- und Paragraphendschungels bewahrt haben! Danke!

Aber leider gibt es auch die Bürohengste (und -stuten), die Paragraphenreiter, die zum Lächeln in den Keller gehen und sich dann auch noch dreimal vergewissern, dass das Licht auch wirklich aus ist. Ein Besuch in ihrem Büro ist wahrlich nicht vergnügungssteuerpflichtig. Aber, wie lautet die Weisheit meiner Oma? „Bange machen gildet nicht!" Auch da muss man durch. Und da ohne die Kenntnis der deutschen Sprache, der deutschen Mentalität, insbesondere der deutschen Behördenmentalität keine Chance besteht, den Dschungel aus Burogängen, Zimmertüren, Zuständigkeiten, Formularen und persönlichen Eigenheiten der Bearbeiter dieser Formulare sicher zu durchqueren, begleite ich Aziz. Und ich gestehe: Auch ich stoße an meine Grenzen. Dabei habe ich Abitur, zwei Hochschulabschlüsse und bin der deutschen Sprache mächtig.

Eine kurze Erklärung vorweg: Aziz wurde bei seiner ersten Registrierung in Deutschland nach seinem Familiennamen gefragt. Diese Frage hat er nicht sofort verstanden und wurde dann gefragt: „Name Vater." Sein Vater heißt Ashraf. Und so wurde Aziz erst einmal unter Abdelaziz Ashraf registriert. Ashraf ist allerdings der Vorname seines Vaters. Als Aziz seine Papiere in die Hände bekommt, fällt ihm der Fehler auf, und er begibt sich sofort zum Sozialamt in Haltern. Hier versichert ihm die nette Mitarbeiterin (sie kommt bestimmt unter die Top drei der nettesten Verwaltungsangestellten), dass sie sich um alles kümmert und auch in R. in der Kreisverwaltung Bescheid gibt. Aziz fragt: „Alles klar?" „Alles klar!" So weit, so gut.

Aziz verliert seine Sparkassenkarte. Nach erfolgloser Suche in allen Hosen- und sonstigen Taschen gehen wir in die Hauptstelle, lassen die Karte sperren und erkundigen uns danach, wie Aziz in den Besitz einer neuen Karte kommt. Die Antwort ist einfach: „Gar nicht!" Denn einen Abdelaziz Ashraf gäbe es nicht, das habe die Nachfrage bei der zuständigen Behörde ergeben. Ich versuche, das Missverständnis zu erklären und versichere, dass Aziz mittlerweile mit richtigem Vor- und Zunamen registriert sei. Doch dies stellt sich leider auf Nachfrage beim Kreishaus als falsch heraus. Einen Abdelaziz M. gibt es dort nicht. Die Meldung vom Rathaus Haltern zum Kreishaus in R. ist im Nirwana gelandet. Mit der Folge, dass es Aziz nun nicht mehr gibt. Damit könnte er bestimmt einigermaßen leben. Er versichert mir, dass in Syria auch nicht alle Menschen Dokumente haben. Aber in Deutschland tickt man da anders. Keine Dokumente: keinen Pass, nie eine Sparkassenkarte, nie einen Integrationskurs und auch keine finanzielle Unterstützung mehr. „Petra, das ist groß Problem!"

Wir sitzen im Kreishaus vor dem Flur der Ausländerbehörde. Der Wartebereich gleicht der besagten Wartehalle im Bahnhof von Pusemuckel. Wobei? Im Kreishaus zieht es nicht, das muss ich der Ehrlichkeit halber sagen. Mit uns warten zahlreiche Menschen aus aller Herren Länder.

Allein die Anmeldung für den Besuch der Ausländerbehörde ist eine Geschichte wert. Man darf nicht einfach in den Flurtrakt treten und vor der Zimmertür des zuständigen Bearbeiters Platz nehmen. Nein, man muss sich mit Hilfe eines kleinen Bildschirms anmelden und bekommt dann ein Wartekärtchen mit einer Nummer. Auf dem Bildschirm steht: Guten Tag. Bitte wählen Sie:

Ausländerangelegenheiten

Asylangelegenheiten

Fischen und Jagen

Sprengstoffangelegenheiten

Ein älterer Herr mit Migrationshintergrund kommt, betrachtet minutenlang den Bildschirm, sein Gesichtsausdruck spiegelt seine Verzweiflung. Schließlich drückt er auf „Sprengstoff“. Da ich mit dem Schlimmsten, zum Beispiel einer Evakuierung des gesamten Gebäudes rechne, stehe ich auf und lösche beherzt seine Wahl. Ich lächele ihn an, er lächelt zurück. Ich schüttele den Kopf, er lächelt weiter. Ich drücke auf „Ausländerangelegenheiten“. Das kommt seinem Anliegen wahrscheinlich näher, erspart ihm eventuell eine Menge Ärger und uns eine Evakuierung.

Seite Zwei des Bildschirms bietet die Namen von zehn Mitarbeitern. Ich kenne niemanden persönlich und so wähle ich einfach mal den Namen, der am sympathischsten klingt. Von dem Namen hätte ich mir allerdings mehr versprochen. „Hasenpfote" klingt doch an sich ganz vielversprechend, irgendwie sanft und beweglich.

Bevor unsere Nummer aufgerufen wird, werden wir Zeuge dieser Szene: Ein Mitarbeiter steckt seinen Kopf durch die Flurtür und ruft: „Zehn!" Nichts passiert. Er ruft noch einmal. Es passiert immer noch nichts. Er verlässt den Hochsicherheitsflurtrakt und schaut sich unter den Wartenden um. Als er Nummer „Zehn" - es handelt sich um den älteren Herrn, der ursprünglich gerne seine Sprengstoffangelegenheiten regeln wollte – entdeckt, stellt er sich vor ihn, schaut streng und fragt: „Sprechen Sie deutsch?" Der ältere Herr zuckt mit den Schultern. „SPRECHEN SIE DEUTSCH?", der Mitarbeiter wird lauter. Schulterzucken. „**SPRECHEN SIE DEUTSCH**?" Im Wartebereich sind alle wach und alarmiert. Ich weiß nicht, ob ich lachen oder weinen soll. Nach meinem Hinweis, dass der ältere Herr sicherlich nicht schwerhörig sei, sondern einfach kein Deutsch verstehe, verzichtet der Mitarbeiter darauf, seine Stimmgewalt weiter unter Beweis zu stellen und fordert „Nummer 10" mit einer Handbewegung zum Mitkommen auf.

Schließlich wird Aziz` Nummer aufgerufen. Wir folgen Herrn Hasenpfote in sein Zimmer und dürfen Platz nehmen. „Ihr Name?" „Aziz M." Herr Hasenpfote tippt in seinen PC. „Gibt es nicht." Ich schalte mich ein und versuche, Licht ins Dunkle des Sachverhaltes zu bringen, indem ich die Geschichte mit der Registrierung, dem Sozialamt in Haltern und dem

Verwaltungsnirwana erzähle. Herr Hasenpfote bleibt dabei: „Abdelaziz M. gibt es nicht.“ Über meinen Hinweis, dass er aber jetzt hier neben mir und vor ihm sitze, kann er nicht lächeln. Die Atmosphäre ist trotz sommerlicher Außentemperaturen ziemlich eisig. Die globale Erderwärmung wird vor dieser Zimmertür sicherlich auch halt machen. Ich versuche weiter zu argumentieren und zu erklären. Herrn Hasenpfote überzeugt das nicht. Auch seine Zimmerkollegin hat für meinen Einsatz nur ein Augenrollen über. „Okay“, frage ich. „Was sollen wir jetzt tun?“ Mit den Worten „Ich rede mit meinen Kollegen“ entschwindet Herr Hasenpfote aus dem Zimmer. Wir müssen wieder in der Wartezone Platz nehmen. Mir ist danach, die Sprengstoffangelegenheitentaste zu drücken. Aziz fragt mich besorgt: „Petra sind wir Mafia? Bin ich Osama bin Laden?“ Nach gefühlten Ewigkeiten kommt Herr Hasenpfote: „Sie bekommen in den nächsten 14 Tagen Post.“ Um es kurz zu machen: In den nächsten drei Wochen kommt keine Post. Und so greife ich zum Telefonhörer. Dabei stelle ich mir vor, ich sei ein buddhistischer Mönch und die gesamte Angelegenheit eine meditative Übung, mit der ich mein Karma verbessern kann. Ansonsten würde ich nicht nur die Sprengstoffangelegenheitentaste drücken, sondern Sprengstoff zünden. Nach dem dritten Vormittag erfolgloser Versuche - entweder hebt niemand ab oder der Mitarbeiter ist nicht zuständig und die zuständige Kollegin zu Tisch oder im Urlaub oder gerade nicht auf ihrem Platz oder der Name ist Hase (ohne Pfote) und weiß von nichts – also, nach diesen Erfahrungen beschließe ich, mich mit der Chefin des „Ladens“ verbinden zu lassen. Das klappt sogar schon nach dem achten Versuch. Ich beginne die Geschichte, die für Aziz im Verwaltungsnirwana endete, mit der Erklärung, dass Aziz aufgrund eines Missverständnisses den Vornamen seines Vaters angegeben hat. Daraufhin die Chefin des Ladens: „Ja, wie blöd ist der denn?! Kennt noch nicht mal seinen Familiennamen.“

Mir stockt der Atem. Die verlorene Sparkassenkarte quittiert sie mit dem Spruch: „Na, wie ungeschickt kann man denn sein? Verliert der auch noch seine Karte!“ Ich bekomme Schnappatmung und bedauere, im Chemieunterricht nicht besonders gut aufgepasst zu haben. Ich habe keine Ahnung, wie ich Sprengstoff herstellen kann.

Nach diesem Gespräch rufe ich die nette Verwaltungsangestellte im Sozialamt in Haltern an und klage ihr unser Leid. (Also nicht das Leid, keinen Schimmer von Sprengstoffherstellung zu haben. Ich möchte den Humor von Verwaltungsangestellten auch nicht überstrapazieren). Aber ich bin ratlos und habe keine Idee mehr, wie man Aziz wieder zu seiner Existenz verhelfen kann. Sie schämt sich für ihre Kollegen in Grund und Boden. Aber sie hat auch eine Empfehlung für mich: „Rufen Sie mal bei Herrn Müller an.“ Und siehe da, es geht doch. Nach einer Woche erhält Aziz Post und ist dann zwei Wochen später im Besitz eines Passes. Es gibt ihn also wieder.

Es gibt Zeiten, da bin ich öfter zu Gast in Behörden als bei meinen Freunden. Adressänderung, individuelle Fallberatung Jobcenter, Verlängerung Leistungsbezüge Jobcenter, Antrag Integrationskurs, ach, die Liste ist ellenlang. Und nach jedem Besuch bekommt Aziz mindestens vier Zettel mehr. „Petra, was machen damit?“ „Abheften.“ Aziz beteuert, noch nie so viele Dokumente benötigt zu haben; und sein Papa auch nicht. Aber dank meiner ältesten Tochter hat Aziz eine vorbildliche Dokumentenmappe; alles nach Themen geordnet. Sein Kommentar: „Petra, ich bin jetzt deutsch!“ Ich bin mir sicher: Er versteht von allen gestellten Anträgen so gut wie gar nichts.

Und ich gebe zu: Ich verstehe bei manchen Formularen auch nur die Hälfte und habe so manches Kreuzchen „aus dem Bauch heraus“ gesetzt. Ich fürchte, Aziz bekommt demnächst eine Waschmaschine geliefert.

Ich möchte Ihnen mein persönliches Highlight der Behördenbesuche nicht vorenthalten. So passiert in Würzburg: Aziz Bruder Hussein hat in Syrien vier Jahre Kommunikationstechnik studiert. Er stand kurz vor dem Abschluss. Bomben zerstörten die Universität, ein Abschluss des Studiums ist in Syrien unmöglich. Hussein besitzt nach einem Jahr in Deutschland das notwendige Sprachniveau, hat seine Zeugnisse übersetzen lassen und muss jetzt Bafög beantragen. Und jetzt kommt es: „Um Bafög zu beantragen benötigen wir die Steuerbescheide ihres Vaters der letzten fünf Jahre.“ Dazu fällt mir nichts mehr ein.

Kunst ist eine Sprache, die alle Menschen verstehen

„Ist das Kunst? Oder kann das weg?“ Meine eigenen künstlerischen Fähigkeiten enden ungefähr auf dem Niveau von „Malen nach Zahlen“. Ich kann Monet und Picasso fehlerfrei buchstabieren und weiß, dass bei Van Gogh Genie und Wahnsinn nah beieinander lagen. Die Welt der Kunst ist Neuland für mich. Dank Aziz darf ich es betreten.

Seine Bilder berühren mich zutiefst. Die Menschen, die er malt, schauen mir direkt ins Herz. Und ich bekomme ein Gefühl davon, welche Schmerzen und welches Leid sie durchleben müssen. Mehr als einmal muss ich beim Betrachten seiner Bilder weinen. Seine Bilder geben den Menschen in Syrien ein Gesicht. Sie holen die Menschen aus der Anonymität. Und das verändert mich, und nicht nur mich, sondern fast alle Menschen, die seine Bilder sehen. Aziz Bilder „triefen“ nicht vor Blut und Gräueltaten. Es sind die Augen der Menschen auf seinen Bildern, die Trauer, Schmerz und Leid widerspiegeln. Diese Augen wecken unsere Empathie.

Kurz nach unserem ersten Kennenlernen lade ich Aziz zu einem Museumsbesuch ein. Wir fahren nach Münster, das LWL- und das Picassomuseum stehen auf dem Programm. Dieser Tag ist für mich etwas ganz Besonderes. Zum einen freue ich mich, Aziz eine Freude machen zu können. Ich habe zum ersten Mal das Gefühl, dass ein wenig Freude unter seiner Traurigkeit, die ihn umgibt, durchschimmert. Zum anderen bewundere ich sein großes Wissen.

Vor jedem Bild bleiben wir lange stehen. Aziz erklärt mir mit Händen, Füßen und Googleübersetzer die Besonderheiten der Kunstwerke. Franz Marc, Gaugin, Kandinsky, sie sind ihm alle bekannt. Er weiß mehr über sie als ich. Wir sitzen lange vor Emil Noldes Garten, Franz Marcs Katzen und Kandinskys Formen und lassen sie auf uns wirken. Dabei verstehen wir uns ohne Worte. Die Sprache der Kunst ist international. Der Gang durch das LWL-Museum ist ein Gang durch die Epochen der Kunstgeschichte. Gegen Ende betreten wir die Räume der „Modernen Kunst“. Vor uns hängt ein großes Gemälde mit dem Titel „blau“. Und das Gemälde ist genau das: blau. Die gesamte Leinwand ist ohne jede Schattierung einfach nur blau. „Petra? Was ist das?“ „Blau!“ Praxisorientierter Deutschunterricht zum Thema „Farben“, schießt es mir durch den Kopf. Aziz schaut mich an und dann, dann beginnt er zu lachen, ganz laut und lange. Ich höre ihn zum ersten Mal lachen. Und mit diesem Lachen schließe ich ihn noch ein wenig mehr in mein Herz.

Ich lerne bei diesem Museumsbesuch nicht nur viel über Künstler, ihre speziellen Techniken und Ausdrucksweisen – ja, all dies kann man sich ohne Kenntnisse der deutschen, bzw. der kurdischen oder arabischen Sprache vermitteln – nein, ich lerne auch meine ersten kurdischen Worte: „Semek“ für Fisch, „Rasal“ für Reh. Wofür so ein Raum mit gefühlten fünfunddreißig Bildern von Picasso „Teller mit Fisch“ doch alles gut ist. „Rasal“ kann ich mir so gut merken, da man auch im arabischen bei besonders schönen Augen von „Rehaugen“ spricht. Viel mehr als „Rasal“ und „Semek“ werde ich mir, außer den Klassikern „Inschallah“ und „Salemaleikum“ nicht merken können. Ob ich dieses Unvermögen „wettlächeln“ kann, ist fraglich. Peinlich, und ich kann es nicht alles auf mein Alter schieben. Respekt an alle, die schaffen, die deutsche Sprache zu erlernen.

Aziz und ich sprechen viel über Kunst. Wir zeigen uns im Internet Bilder, hören klassische Musik und schauen Ballettaufführungen. Eines Tages zeigt er mir Bilder eines Künstlers mit dem Namen Bahram Hajou. Mir ist der Künstler unbekannt, Aziz hält große Stücke auf ihn. Bahram Hajou ist ebenfalls Kurde, stammt aus Syrien, kommt sogar aus der Nähe von Aziz Heimatstadt. Er ist bereits vor vierzig Jahren nach Deutschland gekommen. Wir bewundern seine Bilder, sprechen und diskutieren über sie. „Petra, Bahram Hajou sehr, sehr gut. Alle kennen ihn in Syria." Aziz ist echt begeistert und auch mir gefallen die Werke. Plötzlich sehe ich: Wohnort Münster. Mein journalistischer Jagdtrieb geht mit mir durch. www.dastelefonbuch.de, und zack habe ich die Telefonnummer. Bange machen gildet nicht. Leider erwische ich nur den Anrufbeantworter: „Ja, guten Tag, Petra Herrmann hier. Ich habe eine recht ungewöhnliche Bitte. Darf ich Sie auf eine Tasse Kaffee einladen. Ich komme mit einem jungen Landsmann von Ihnen. Er liebt ihre Bilder und würde sich riesig freuen, sie kennenzulernen." „Petra?! Du hast… Petra?! Du sprechen mit Bahram Hajou? Petra, nein, das geht nicht!" Aziz Gesichtsausdruck schwankt zwischen Unglauben, Entsetzen und Einsetzen von Schnappatmung. Ich will gerade zu einer Erklärung ansetzen, da klingelt mein Handy. … „Ja, gerne. Okay wir fahren los. Treffen in Ihrem Atelier." „Petra? Wer war das?" Aus seinem Gesicht ist nahezu alle Farbe verschwunden. Ich fürchte, ihn gleich reanimieren zu müssen. Bewegung hilft beim Stressabbau, also: „Los, Aziz, Schuhe und Jacke an. Bahram wartet. Er möchte mit uns Kaffee trinken."

Aziz übersteht die Autofahrt ohne zu hyperventilieren, wenn auch nur ganz knapp. Er ist wahrscheinlich so aufgeregt wie ich, wenn ich den Papst interviewen müsste; zum Thema „Dürfen

Vegetarier zur Kommunion gehen?“ oder so etwas. Als uns das Navi vor einem alten Fabrikgelände verkündet: „Sie haben ihr Ziel erreicht“, werde auch ich zugegebenermaßen etwas nervös. „Perfekter Drehort für den nächsten Münster-Tatort“, schießt es mir durch den Kopf. Überall Grafiti, mit Vorliebe Totenköpfe, hier sind die Büros der Homosexuellen, Transvestiten, Tierschützer und Veganer; tja und die Ateliers der Künstler. Bahram Hajou kommt ein wenig - genau genommen das akademische Viertel - zu spät, so dass wir die Münster-Tatortkulisse ausgiebig auf uns wirken lassen können. Ich bin stolz auf mich. Ich kann auf jedes „Petra, was ist das?“ eine Antwort geben, die Aziz versteht; wenn auch mit ungläubigem Kopfnicken. Schwulentreffs, Männer, die wie Frauen aussehen und Menschen, die kein Fleisch, keine Eier und keinen Honig essen und kein Leder tragen, solche Menschen gibt es in Syrien bestimmt auch. Aber nicht in der Öffentlichkeit. Wobei? Bei Veganern bin ich mir nicht so sicher.

Das Atelier von Bahram Hajou ist beeindruckend; groß und hell. An den Wänden stehen und hängen seine Bilder. Sie sprechen eine deutliche Sprache. Sie sprechen von mangelndem Verstehen und Isolation. Bahram Hajou kocht Kaffee, legt Opernmusik auf. Die Sonne scheint durch die hohen Fenster, leise hört man Züge vorbeirauschen. Die Akustik im Raum ist unbeschreiblich. Pavarotti zaubert Gänsehaut. Ich trinke den ersten Kaffee meines Lebens. Was zur Folge hat, dass ich in der kommenden Nacht ernsthaft erwäge, die Fenster zu putzen, den Bügelberg abzutragen und das Auto auszusaugen. Halt all das zu erledigen, wozu ich im Alltag nicht komme. Ich bekomme kein Auge zu. Allerdings fange ich weder an zu putzen noch zu bügeln. Ich bleibe liegen und sinniere über den Sinn des Lebens; wozu ich im Alltag auch nicht immer komme.

Bahram, Aziz und ich unterhalten uns auf kurdisch und deutsch und verstehen uns problemlos. Wir sprechen über Fußball, Schule, Kunst, Gott und die Welt. Zum Schluss tauschen wir Handynummern, umarmen uns zum Abschied, und wir sind uns einig: Es war ein wunderschönes Treffen.

„Mensch“, die Ausstellung

Bahram ist auch zu Gast bei der ersten Ausstellung von Aziz Bildern. Davon hätte Aziz mit Sicherheit nie zu träumen gewagt. Die Geschichte seiner ersten Ausstellung hat wahrlich etwas Märchenhaftes. Sie beginnt mit einem Zeitungsartikel, den ich über Aziz schreibe. Aziz ist erst ein paar Wochen in Haltern und beim Tag der offenen Tür des Jägerhofes, in dem er zu diesem Zeitpunkt noch wohnt, entwickelt sich ein Kontakt zu Hans-Erdmann Falk. Hans-Erdmann Falk ist Architekt und Künstler. Er bietet Aziz an, zusammen mit ihm in seinem Atelier zu malen. Und so bekommt Aziz Kontakt zu deutschen Künstlern, zu Farben und Leinwänden. Der Artikel setzt zudem einiges in Bewegung. Die katholische Kirchengemeinde bittet ihn, zwei seiner Bilder in der Karfreitagsliturgie zu zeigen. Dies ist ein eigenes Kapitel wert. Dann tritt die Sparkasse Haltern an ihn heran und schlägt ihm vor, seine Bilder in den Räumen der Sparkasse auszustellen.

Aziz Brüder – Hussein und Hassan – sind begnadete Sazspieler. Die Saz ist ein traditionelles kurdisches Instrument. Eine Saz hat sieben Saiten, ähnelt ein wenig einer Gitarre. (Tja, interkultureller Austausch bildet.) Seine Brüder gestalten das musikalische Rahmenprogramm der Vernissage. Und Hassan und Hussein sind einfach hammermäßig gut. Ich habe mit Aziz einige Ausstellungseröffnungen besucht. Die Gitarren-, Blockflöten- und Klaviertöne der mehr oder manchmal auch weniger begabten Musikschüler hat er stets mit einem höflichen Lächeln quittiert. Begeisterung sieht anders aus. Begeisterung ist das, was Hassan und Hussein mit ihren Saz in die Gesichter der Besucher gezaubert haben.

Dank Hassan und Hussein werden wir mitgenommen nach Syrien, dürfen wir ein wenig kurdische Kultur erleben. Dazu die vierzehn Bilder von Aziz, und niemand hat die Räume der Sparkasse unverändert verlassen. Alle Besucher sind betroffen und gleichzeitig bereichert.

Je näher die Ausstellung rückt, desto nervöser wird Aziz. Sind die Bilder gut? Was tun, wenn jemand sagt, dass die Bilder schlecht sind? Dazu die große Sorge, ob überhaupt jemand zur Eröffnung kommt. „Petra, was tun, wenn du und ich alleine?“ Ich tröste ihn, indem ich ihm versichere, dass die gesamte Familie Herrmann kommt und dass bei der Eröffnung der ersten Ausstellung von Baselitz lediglich zehn Besucher waren. Und ich bin mir sicher: Zehn Besucher schaffen wir. Familie Herrmann sind fünf, mit meinen Eltern sogar sieben, Aziz zusammen mit seinen Brüdern drei, die Frau von der Sparkasse und ein Reporter der Lokalpresse; damit haben wir zwölf Besucher zusammen. Und wer hat schon den Anspruch, viel besser als Baselitz zu sein? So bringe ich Aziz auf jeden Fall zum Lächeln, obwohl er mir immer wieder androht, vor der Eröffnung zurück nach Syrien zu gehen oder sich alternativ auf der Toilette einzuschließen. Ich empfehle ihm die Toilettenalternative. Ehrlich gesagt: Ich ziehe sie auch in Erwägung; allerdings die Damentoilette.

Um es kurz zu machen: Bei der Eröffnung seiner Ausstellung „Mensch“ drängen sich über 100 Besucher in den Raum der Sparkasse. Es ist überwältigend. Die Atmosphäre ist locker, freundlich, kommunikativ. Die Ansprachen sind persönlich und herzlich, die Musik der Hammer und die kleinen Snacks sind landestypisch und superlecker. Es handelt sich um „Maria“, mein absolutes Highlight der kurdischen Küche. Allerdings weiß ich eins: So schnell erkläre ich mich nicht wieder bereit, bei der Zubereitung zu helfen. Am Abend vor der Eröffnung haben Aziz und ich kiloweise Zwiebeln geschält und dabei viele Tränen vergossen. Beim Einrollen der Zwiebelhühnerfleisch-petersilientomatenmasse in die Brotecken (das Rezept für „Maria" finden Sie im Nachwort) bitten wir in Anbetracht der fortgeschrittenen Zeit – es ist mittlerweile 21.30 Uhr - meine Eltern um Hilfe. Mein Vater erweist sich nach kurzer Einweisung in die Einrolltechnik als wahres Naturtalent. Zur Eröffnung haben wir tatsächlich dreihundert Mariaröllchen. Es bleibt keines übrig.

Wie gesagt, auch Bahram kommt zur Eröffnung. Ich glaube, Aziz freut sich sehr darüber. Und Bahrams Kommen ist auch in anderer Hinsicht das I-Tüpfelchen; nämlich in finanzieller Hinsicht. Im Vorfeld habe ich Bahram gefragt, welche Preise er für Aziz Bilder festlegen würde; für den Fall, dass jemand Kaufinteresse bekundet. Bahram nennt die Summe, die er als junger unbekannter Künstler für seine Bilder erzielt hat. Mir erscheint die Summe ziemlich hoch. Aber wenn man keine Ahnung hat, einfach mal ... Er ist der Fachmann. Bahram betritt die Ausstellung, sieht die Bilder und kommt sofort zu mir. „Petra! Die Bilder sind richtig gut. Sie sind mindestens doppelt so viel wert wie ich gesagt habe." Ich schlucke. In dem Moment kommt ein Mann zu mir, deutet auf das größte Bild der Ausstellung und teilt mir mit, dass er es gerne kaufen möchte. Okay, Bange machen gildet nicht, selbstsicheres Auftreten bei völliger Ahnungslosigkeit. Ich nenne die Summe, fast ohne rot zu werden. „Okay, gekauft!" Ich schlucke, und bevor wieder normale Atmung einsetzen kann, bekunden weitere Besucher Kaufinteresse. Nur ein Interessent ist nicht bereit, die genannte Summe zu zahlen. Er besteht darauf, für das Bild hundert Euro mehr zu geben.

Das „Boot“, das den Anstoß zum ersten Kontakt gab, hängt an einem Ehrenplatz an einer Stellwand. Ich habe Aziz immer gebeten, es nicht ohne Absprache mit mir zu verkaufen. Irgendwie habe ich das Bild ins Herz geschlossen. Es bedeutet mir viel. Der Mann, der bereits das großformatige Bild gekauft hat, nimmt mich zur Seite, deutet auf das „Boot“ und fragt mich nach der Kaufsumme: „Tut mir leid, das Bild ist vermutlich unverkäuflich.“ „Mmm“, der Interessent scheint ein echter Kunstliebhaber zu sein. „Mir haben schon Künstler ihre Bilder geschenkt.“ „Ja, dieses Bild würde auch verschenkt; allerdings an mich.“ Der Kunstliebhaber nennt eine ziemlich hohe Summe; für ein Stück Styropor mit einer Kugelschreiberzeichnung. Für Aziz ist die Summe schwindelerregend. Ich lasse meine Belange ein wenig zurücktreten. „Bange machen gildet nicht“, raunt mir meine Oma zu und ich setze noch einmal 100 Euro drauf. „Gekauft!“ Als ich Aziz von dem Verkauf erzähle, lacht er. „Petra, du kannst noch mehr Euro sagen. Auf der Rückseite ist auch ein Bild.“ Ich muss mitlachen. Klar, auf der Rückansicht befindet sich die Rückenansicht einer nackten Frau. Hoffentlich bekommt der Kunstliebhaber keine Ehestreitigkeiten.

Als wir abends in Aziz Wohnung auf dem Sofa sitzen und den Tag Revue passieren lassen, laufen mir vor Glück Tränen über die Wange und Aziz nimmt mich einmal fest in den Arm. Ich wünsche mir sehr, dass er diesen Tag nie vergisst.

Jesus meets Allah

Genau genommen gab es vor der Ausstellung in der Sparkasse bereits eine kleine Ausstellungspremiere. Meine kleinen Schüler lieben es, nach der Reitstunde bei Aziz im „Atelier“ vorbeizuschauen, ihm über die Schulter zu linsen und Konversation zu machen. „Wie heißt du?“ „Wie alt bist du?“ „Woher kommst du?“ „Was ist das?“ Sie sind die besten Sprachlehrer und Aziz freut sich, wenn er seine Fortschritte unter Beweis stellen kann. Die Antwort auf die Frage „Was ist das?“ bleibt er manchmal schuldig. Und auch mir fällt es nicht leicht, die Motive von Aziz Bildern kindgerecht zu erklären.

Auch die Eltern werfen gerne einen Blick ins Atelier und wechseln ein paar Worte. So auch der Papa von Larissa. Er ist hauptamtlicher Diakon und seine spontane Reaktion nach einem Blick auf die Bilder ist eine Einladung in die Karfreitagsliturgie. „Können wir die Bilder vorne in den Altarraum stellen? Und vielleicht möchte Aziz dazu ja etwas sagen.“ Aziz möchte zu den Bildern auf keinen Fall etwas sagen. Lieber möchte er nach Syrien zurück. „Petra, ich kann nicht! Bitte!“ Aziz ist erst drei Monate in Deutschland, seine Deutschkenntnisse machen zwar Fortschritte, aber etwas auf deutsch ins Mikrofon zu sagen – nie und nimmer! Also gut, bange machen gildet nicht, ich erkläre mich bereit, ein paar Sätze zu den Bildern zu sagen.

Ich habe mir dies ganz einfach vorgestellt. Aber die Geschichte stellt sich als etwas komplizierter heraus. Einfach seine Bilder zu beschreiben; das finde ich dumm, denn die Kirchenbesucher haben ja selbst Augen im Kopf.

Die Bilder erklären? Das finde ich eigentlich ebenfalls überflüssig. Außerdem, da sind Aziz und ich uns einig, soll jeder Einzelne persönlich mit dem Bild ins Gespräch kommen. Etwas Frommes sagen? Dazu bin ich nicht kirchenkonform genug und mein Glaube ist nicht unbedingt „rein katholisch". Die Alternative, gemeinsam mit Aziz nach Syrien zu gehen, ist auch keine wahre Alternative. Also sitze ich lange vor Aziz Bildern und lasse sie auf mich wirken. Die Frauen, die er gemalt hat, spiegeln unsägliche Traurigkeit und Leid wider. Ich muss weinen. Ich bin zwar nicht „typisch katholisch", aber in unserem Wohnzimmer hat mein „Kommunionkreuz" einen Ehrenplatz. Ich lege es neben die Bilder und lasse meinen Gedanken und Gefühlen freien Lauf. Und plötzlich weiß ich, was ich sagen möchte. Ich erzähle davon, dass ich so etwas wie Dankbarkeit empfinde dafür, dass wir einen Gott haben, dem menschliches Leid nicht fremd ist, einen Gott, der selbst gelitten hat und der sich unserem Leid annimmt, so dass wir nicht allein sind. Dies habe ich noch nie als so tröstlich empfunden wie in dieser Karfreitagsliturgie. Tja, und dass mir zu diesem Erlebnis ein Moslem in einer katholischen Kirche verholfen hat, das lässt mich ein wenig schmunzeln. Interkultureller Austausch macht zum Glück auch vor Kirchentüren nicht halt.

Aziz, Mohammad, ein Freund von Aziz, der zur Verstärkung mitgekommen ist und ich sind eine halbe Stunde vor Beginn der Liturgiefeier in der Kirche. Ich erkläre ihnen anhand der Kreuzwegstationen, um was es gleich gehen wird. Wir betrachten gemeinsam das Taufbecken, auf dem zahlreiche biblische Geschichten aus dem Alten Testament bildlich dargestellt sind. Aziz, Mohammad und ich staunen: Wir kennen alle Adam, Eva, Moses, Abraham, Noah und Hiob.

Wir freuen uns über die Gemeinsamkeiten und sind uns absolut einig: Ob Jesus nun Gottes Sohn oder ein Prophet ist, diese Frage ist es nicht wert, sich die Köpfe einzuschlagen.

Die Karfreitagsliturgie ist bewegend; im wahrsten Sinne des Wortes. Diesmal bin ich dankbar für so viel „Bewegung" im Gottesdienst. Durch das Aufstehen, Niederknien, das auf den Boden legen und die Dunkelheit in der Kirche wird auch für Aziz und Mohammad deutlich spürbar, um was es am Karfreitag geht. Die Liturgie berührt sie. Im Anschluss kommen einige Gottesdienstbesucher zu Aziz und bedanken sich bei ihm. Sie sagen, ihnen sei durch die Bilder die Kreuzigung Jesu näher gekommen. Und sie laden Aziz zur Osternacht ein. „Komm bitte! Du musst alles erleben!"

Und so kommt es, dass ich um 4 Uhr morgens neben Aziz Bett stehe und versuche, ihn zu wecken. In dieser Nacht wurden auch die Uhren umgestellt. Ich fühle mich reif für das Bundesverdienstkreuz. Das Unterfangen, Aziz zu wecken, stellt sich als nicht ganz so einfach heraus. Auferstehung sieht anders aus, geht es mir durch den Kopf. Aber Jesus ist auch erst nach drei Tagen auferstanden, und so steht auch Aziz erst nach drei Weckversuchen auf. Seine Deutschkenntnisse reichen noch nicht aus, mir mitzuteilen, dass er diese Aktion gerade ziemlich daneben findet. Aber sein Blick – soweit man von „Blick" bereits sprechen kann – spricht Bände. Heute würde er sagen: „Petra, was soll das? Das ist total bescheuert!" Kurze Zeit später stehen wir vor der Kirche. Es ist stockdunkel, lausekalt, die Messdiener haben Mühe, das Feuer zu entzünden. Dann brennt das Feuer, der Priester entzündet die Osterkerze und singt „Lumen Christi". Aziz wird langsam wach. Wir ziehen in die stockdunkle Kirche ein.

Als die Kerzen entzündet werden, die Orgel einsetzt und das „Halleluja“ gesungen wird, flüstert Aziz mir zu: „Schön“. Mir ist warm ums Herz, und ich bin dankbar für meinen Glauben. Ich fühle ein Stück Heimat in einer Kirche, mit der ich in vielen, vielen Punkten nicht konform gehe, und die ich sehr lange Zeit nicht von innen gesehen habe. Diese Ostermesse veranlasst mich nicht, in die katholische Frauengemeinschaft einzutreten und macht aus mir auch keine Kirchgängerin, aber sie führt mir den Wert meines Glaubens vor Augen.

Seltsamerweise werde ich auf diesen Wert durch einen „Andersgläubigen“ gestoßen. Und Aziz stößt mich immer wieder auf Werte, die ich bisher nicht wahrgenommen, bzw. als Selbstverständlichkeit angesehen habe: Demokratie, Toleranz, Freiheit, Respekt vor dem Leben. Wenn er mir vom Leben in Syrien erzählt, wird mir bewusst, wie dankbar ich bin, in einem Land wie Deutschland zu leben. Hier darf jeder seine Meinung frei äußern. Auch dann, wenn „viel Meinung“ bei wenig „Ahnung“ dabei ist. Aber lieber so als anders. In Deutschland darf ich Politiker kritisieren, ohne mit Folter, Gefängnis und Einschüchterung rechnen zu müssen. Ich darf zur Schule gehen und lernen. Dabei spielt es keine Rolle, welche Nationalität oder welches Geschlecht ich habe. Ich schäme mich nachträglich für meine eigene „Schulunlust“ und möchte auch so manches meiner „Reitkinder“ wachrütteln und rufen: „Hör auf, auf die Schule zu schimpfen. Sei dankbar, dass du lernen darfst!“

„Entschuldigung, ich habe mich verirrt“

Es gibt viele Momente, in denen Aziz und ich gemeinsam herzhaft lachen durften. Wenn auch manchmal erst im Nachhinein. Aziz wird zu einem Planungstreffen für eine gemeinsame Ausstellung geflüchteter Künstler eingeladen. Ihm ist es ein wenig „mulmig“, einen solchen Termin alleine wahrzunehmen. Er bittet mich, ihn zu begleiten. „Petra, andere verstehen mein Deutsch nicht. Du verstehst immer.“ Und so sind wir gemeinsam unterwegs nach Münster. Wider meine Befürchtungen finden wir auf Anhieb einen Parkplatz fast in der Nähe des Treffpunkts. Ich erkläre Aziz, wie man eine Parkscheibe einstellt, ein Parkticket zieht und dass man ohne Ticket und ohne Parkscheibe eine Menge Euros bezahlen muss. Ich spreche da aus Erfahrung. Wenn Haltern demnächst eine Tiefgarage bauen sollte, steht über der Einfahrt „Sponsert bei RE-PH 301“. Die zehn Minuten Fußweg vergehen wie im Flug, denn Aziz Schilderungen der syrischen Straßenverkehrsordnung (oder besser Straßenverkehrsunordnung) sind sehr erheiternd. Das Planungstreffen ist ein wenig chaotisch, der syrischen Straßenverkehrsordnung nicht unähnlich. Aber damit habe ich ehrlich gesagt gerechnet. Mittlerweile weiß ich, dass Künstler anders ticken. Davon später mehr. Auf jeden Fall treten wir zwei Stunden später den Rückweg an und tauschen uns angeregt über die geplante Ausstellung aus. Nach etwa zehn Minuten durchfährt es mich: Wo sind wir eigentlich? Und noch viel wichtiger: Wo wollen wir eigentlich hin? „Aziz! Wo ist unser Auto?“

Aziz guckt wie ein Auto, ich vermutlich wie ein LKW. Auch er hat weder Plan noch Idee. „Petra, du hast keinen Plan?“ Nein, ich habe keinen Plan. „Petra, gestern haben wir gelernt: Entschuldigung, ich habe mich verirrt. Wo ist der Bahnhof? Aber ich kann nicht sagen: Entschuldigung, ich habe mich verirrt. Wo ist das Auto?“ Aziz hat die Lage glasklar erfasst und seine neusten Deutschkenntnisse helfen jetzt tatsächlich nicht weiter. Wir bemühen unser Gedächtnis. Wo sind wir hergekommen? Was war da Markantes am Weg? Aber ehrlich gesagt, waren wir so in die syrische Straßenverkehrsordnung vertieft, dass keiner von uns auf Straßennamen oder sonstige Orientierungspunkte geachtet hat. Ehrlich gesagt, wir sind uns sogar uneins über die Richtung aus der wir gekommen sind und auch über die Richtung, in welcher wir das Auto vermuten. Aziz und ich sind beide nicht die aller strukturiertesten Menschen, und so verfolgen wir erst einmal ganz optimistisch Plan A: Wir laufen los, erkennen irgendetwas wieder und finden dann unser Auto. Klingt vielleicht nicht besonders Erfolg versprechend, erscheint uns aber besser als dumm rumzustehen. Nach einer Viertelstunde wird uns klar: Wir brauchen Plan B. Aziz schlägt vor, nach Haltern zu laufen. „Petra, ich bin viel gelaufen. Das schaffen wir.“ Ich gebe zu bedenken, dass wir nicht wissen, in welcher Himmelsrichtung Haltern liegt, ich kein Training nachweisen kann, und ich außerdem mein Auto gerne irgendwann wieder hätte. Aziz grinst. Ich bin mir mittlerweile nicht mehr ganz sicher, ob ich lachen oder weinen möchte. „Aziz, deine Idee: Entschuldigung, ich habe mich verirrt; diese Idee ist gut. Aziz, was hast du beim Auto gesehen?“ Wir setzen uns auf die Stufen eines Kiosk, bemühen unser fotografisches Gedächtnis sowie den Googleübersetzer und tragen zusammen: Parkhaus, Friseur, Buchhandlung, Parkscheinautomat und Mülleimer. Die ersten zehn Personen, die wir, genau genommen ich, anspreche sind nicht aus Münster, schauen sich nach der versteckten Kamera um, überlegen, welcher Arzt für uns zuständig ist oder ignorieren uns. Aber die elfte Person hat ein bisschen Zeit, ausreichende Ortskenntnis und die notwendige Portion Helfersyndrom. „Na klar, das müsste da und da sein." Er schildert uns genau den Weg und hilft mir sogar, die Adresse in mein Handy einzugeben und das Programm auf „Fußgänger" zu stellen. Ich kann mich nur mühsam zurückhalten, ihm nicht aus Dankbarkeit einen Kuss auf die Wange zu drücken. Ich versichere ihm, dass diese gute Tat, sollte er Pfadfinder sein, für eine Woche ausreicht. Und tatsächlich, nach zehn Minuten Fußweg unter der genauen Anleitung von „Google-Moni" stehen wir vor RE-PH-301. „Petra, mit Auto nach Haltern ist besser als laufen." Wo Aziz Recht hat, hat er Recht.

Hogwarts liegt im Münsterland; Ausstellung, die Zweite

Aziz bekommt viele Anfragen für Ausstellungen. Kulturzentren, Kirchengemeinden und Kunstzentren möchten seine Bilder zeigen. Eine Ausstellung ist mir besonders im Gedächtnis geblieben. Ich hätte es wissen können: Schon das erste Treffen für diese Ausstellung endet im Chaos mit einer Autosuche. Und in diesem Stil geht es heiter weiter. Da ich nicht die „unendliche Geschichte II“ verfassen möchte, beschränke ich mich auf den Tag der Ausstellungseröffnung.

Die Ausstellung wird organisiert vom Projekt „Heimat Y“. Der Leiter, ein Künstler namens Tim, sieht aus wie Professor Snape aus Harry Potter. Und da die Kunstwerke in einem ehemaligen Kloster ausgestellt werden, das ein wenig an Hogwarts erinnert, passt Snape gut in die Location. Aber keine Sorge: In B. gibt es weder Dementoren, noch Fluffys und auch keinen, dessen Name nicht genannt werden darf. Wir müssen auch nicht über Gleis neuneinhalb den Zug erreichen.

An sich hatte „Heimat Y“ geplant, dass geflüchtete Künstler mit deutschen Künstlern gemeinsam ausstellen, um so Kontakte entstehen zu lassen. Warum diese Idee nicht realisiert wird, habe ich nicht verstanden. Snape meint, man könne gestandene geflüchtete Künstler nicht zwingen, sich mit deutschen Künstlern in ein Atelier sperren zu lassen. Okay, vielleicht hat auch Snape zu viel Harry Potter gelesen. Auf jeden Fall stellen nun sieben geflüchtete Künstler gemeinsam im Kloster B. aus.

Die Location ist der Hammer. Klöster haben einfach das gewisse Etwas. Auf jeden Fall betritt man die Ausstellungsräume schon mit einem ehrfürchtigen Gefühl. Bei mir mischt sich unter diese Ehrfurcht ein ganz profanes Gefühl, nämlich Hunger und Durst. Der Aufbruch in Haltern gestaltete sich ein wenig hektisch, da habe ich doch glatt mein Bütterchen vergessen. Ich bin mit meinem profanen Gefühl nicht allein: Auch die Schwiegereltern eines Künstlers, sowie einige der Künstler selbst schieben Kohldampf. Snape vertröstet uns auf das Konzert am Abend, da können wir Getränke käuflich erwerben. Es ist fünf Uhr. Wir fürchten bis dahin verhungert, verdurstet oder unterzuckert zu sein. Im Sinne der Völkerverständigung teilen wir uns im Flur eine kleine Packung Butterkekse und eine Tüte Chips. „Na, das war aber nur was für den hohlen Zahn“, so der Kommentar des hungrigen Schwiegervaters. Ich schlürfe aus dem Wasserhahn der Toilette ein paar Hände voll Wasser. Die Stimmung schwankt zwischen Vorfreude auf Schnittchen – auf jeder Vernissage gibt es Schnittchen - und einem gewissen Knurren, nicht nur des Magens. Als Snape offenbart, dass es keine Schnittchen – dies ist nicht irgendeine Vernissage - geben wird, wird das Knurren lauter. Denn es gibt auch keine Schnittchenalternative. Es gibt einfach mal nix. Der Leiter des Klosters erkennt die Situation glasklar. Meuterei liegt in der Luft. Beherzt weiß er dieses zu verhindern und bestellt gegen den Willen von Snape Pizza. Sofort verwandelt sich das Knurren in ein Schnurren. Die Pizza ist lecker. Die Familien und Freunde der Künstler, sowie die Künstler selbst, sitzen zusammen, reden und haben richtig Spaß. Auch der Schwiegerpapa kann wieder lachen und gibt einige Witze zum Besten. Eigentlich schade, dass wir den Tisch verlassen müssen, um die Ausstellung zu eröffnen. Aber mittlerweile sind wirklich viele Besucher angekommen. Die haben leider nicht mehr alle am Tisch Platz und wahrscheinlich ist niemand gekommen, um den Witzen des Schwiegerpapas zu lauschen. Obwohl sie wirklich gut sind. Also begeben wir uns in die Ausstellungsräume und tun so, als würden wir uns auf die Rede des stellvertretenden Stellvertreters des Bürgermeisters freuen. Dieser stellvertretende Stellvertreter mag viele Qualitäten haben, öffentliche Reden gehören definitiv nicht dazu. Ich kann mich beim besten Willen an nichts von dem erinnern, was er sich in den nicht vorhandenen Bart genuschelt hat. Okay, aber er hat sich immerhin kurz gehalten. Die Besucherin neben mir hält schon neugierig Ausschau nach den Schnittchen. Ich habe diesbezüglich ja einen Wissensvorsprung: Schnittchen wird es nicht geben. Jetzt nicht und auch nicht nach der Rede des Klosterdirektors und auch nicht nach der Rede von Snape. Bei Snape hätte es mich nicht überrascht, wenn er zum Ende seiner Ansprache seinen Zauberstab aus der Tasche gezogen, einen unverständlichen Zauberspruch gemurmelt und sich ein Duell mit Hermine geleistet hätte. Hat er aber nicht, er hat nur in unglaublich liebloser Manier und in einem Tempo, das Dieter Thomas Heck hätte vor Neid erblassen lassen, sieben Künstler vorgestellt: Das ist Aziz M., seine Bilder hängen hier. Das ist XY, er kommt aus dem Irak, nein doch aus Syrien. Seine Bilder hängen links, nein rechts im Flur. Das ist XX. Sie ist eine Frau. Sie kommt auch aus Syrien und ihre Bilder sind da … Dabei flattern seine Haare und Hände, sein Hosenstall steht offen, und ich weiß nicht, wo ich hingucken soll. Zu meiner Nebenfrau, die immer noch auf Schnittchen hofft? Zu Aziz, von dem ich hoffe, dass er nicht alles versteht? Auf den Hosenstall? Gut, Snape redet schnell und ist schnell am Ende. Meine Nebenfrau scheint die Hoffnung auf Schnittchen aufgegeben zu haben und möchte nun einen Blick auf die Bilder werfen. So wie wahrscheinlich alle Besucher der Ausstellungseröffnung. Liegt ja auch irgendwie nahe. Aber in Hogwarts und Kloster B. ist alles anders. Snape greift noch einmal zum Mikrophon: „So, und jetzt muss ich alle Besucher bitten, schnell die Räume zu verlassen und sich in die

Stallungen zu begeben. Dort beginnt in fünf Minuten das Konzert." Eine Ausstellungseröffnung ohne Schnittchen und ohne Bildergucken. Na das ist doch mal echt was anderes, nicht so 08/15. Schnittchen und Bildergucken macht jeder.

Um es vorweg zu nehmen: Auch beim Konzert gibt es keine Schnittchen. Snape hat sich mittlerweile warm gezaubert, ähm geredet. Bei der Konzerteröffnungsrede flattern wieder Haare und Hände. Meine Sitznachbarin fragt mich besorgt, ob der Mann Epileptiker sei und Hilfe benötige. Aber sein Hosenstall ist zu. Und ich weiß auch, wo ich hingucken soll; zu Hassan. Er spielt die Saz. Und dank Hassan wird das Konzert ein schönes Erlebnis.

Über diesen Part der Ausstellung kann ich herzhaft lachen. Um über folgende Begegnung lachen zu können, brauchte ich ein wenig zeitliche Distanz. Snape kommt auf mich zu und fragt streng: „Aziz hat im März eine Ausstellung?" Ich nicke. „Das geht nicht." Ich frage nach dem Grund. „Diese Ausstellung ist im März in S." Ich versichere Snape, dass ich davon zum ersten Mal höre, und ich mir auch sehr sicher bin, dass Aziz davon nichts weiß. „Doch! Ich habe es ihm beim ersten Treffen gesagt." Da ich beim ersten Treffen dabei war, kann ich Snape widersprechen. „Okay, dann habe ich es mit Aziz per Mail kommuniziert." Ich widerspreche erneut. Snape wird sauer. „Doch, habe ich." Auch auf die Gefahr hin, gleich per Zauberspruch durch die Luft befördert zu werden, lege ich Widerspruch ein. Den lässt Snape nicht gelten und beharrt darauf, Aziz per Mail über die Ausstellung in S. informiert zu haben. Ich nehme allen Mut zusammen, bedauere, meinen Zauberstab vergessen zu haben, atme tief durch, schaue Snape in die Augen und teile ihm mit, dass Aziz weder einen Computer noch eine Mailadresse besitzt.

„Dann hat Veronika es ihm gesagt!“ Er dreht sich um und rauscht davon. Okay, dann wird Aziz die Informationen von Veronika nicht verstanden, aber trotzdem brav genickt haben. Wie lösen wir dieses Problem jetzt? Ich beschließe, die Überlegungen auf morgen zu vertagen.

Im Laufe des Abends läuft mir Veronika über den Weg. Ich frage sie, ob sie schon nähere Informationen über S. habe. Veronika schaut mich mit ihren großen, hübschen Augen an. „S.? Was ist denn in S.?“ Snape kann froh sein, dass ich meinen Zauberstab vergessen habe.

„Ist das Kunst? Oder kann das weg?"

Snape ist nicht der einzige, der meine Vorurteile gegen Künstler bestätigt. Schon nach zwei, drei Treffen mit Aziz ist mir klar: Aziz` große Liebe ist die Kunst. Kunst ist seine Welt, hier ist sein Talent. Kunst tut ihm gut, und er tut der Kunst gut. So schreibe ich Kunstakademien in der Nähe von Haltern an, schicke ihnen Fotos von Aziz Bildern und frage nach Möglichkeiten für Aziz. Und siehe da: In der Kunstakademie in M. sitzt in der Verwaltung eine Dame, die in der Rankingliste der Verwaltungsmitarbeiter auf jeden Fall unter den Top drei wäre. Sie setzt sich dafür ein, dass Aziz als Gaststudent an der Kunstakademie aufgenommen wird.

Aziz freut sich riesig und hat beim ersten Besuch mächtig Lampenfieber. „Petra, was soll ich sagen? Komm mit! Bitte!" Und so fahren wir gemeinsam nach M. Wir kommen, wie es sich für gute Deutsche gehört, eine viertel Stunde zu früh an. Gut so, denn die Suche nach der Damentoilette nimmt einige Zeit in Anspruch. Ich muss in aller Regel, egal wo ich ankomme - Restaurant, Ausländerbehörde, Museum - erst einmal aufs Klo. Das ist eine ziemlich nervende Marotte von mir. Aziz kennt mich mittlerweile recht gut und fragt direkt nach dem Betreten des Gebäudes: „Petra? Toilette?" Und so suchen wir. Im Erdgeschoss, in der ersten Etage, der zweiten Etage, und es ist kein Mensch da, den man fragen könnte. Mittlerweile steht es mir Oberkante Unterlippe. Nach gefühlten Ewigkeiten stehen wir vor einer Herrentoilette. Da das Gebäude menschenleer zu sein scheint, gebe ich Aziz Order, Wache zu stehen. Den Job erledigt er nicht zu meiner Zufriedenheit.

Auf der Herrentoilette treffe ich den ersten Menschen in der Kunstakademie. Ich grüße höflich und verlasse das Örtchen so schnell wie möglich.

Das Klassenzimmer finden wir hingegen fast auf Anhieb. Der Raum ähnelt dem Wohnzimmer meiner ersten WG. Er ist zwar größer, aber es ist alles da: die Jucca-Palme, der Flokatiteppich, dutzende halbvolle Kaffeetassen, dutzende leere, aber dreckige Kaffeetassen, keine sauberen Tassen, leere und halbleere Bierflaschen, Sangriaflaschen als Kerzenständer, die Polstermöbel aus Omas Wohnzimmer, Putzlisten (an die sich mit Sicherheit nie jemand hält) und jede Menge Staub. In meinem WG-Wohnzimmer gab es jedoch keine Leinwände, Farben und Staffeleien. In einem Sessel sitzt ein Mensch. Der zweite, der uns an diesem Tag in der Kunstakademie begegnet. Er trinkt ein Bier und häkelt einen Topflappen. Aziz und ich grüßen und fragen, ob dies der Raum der Klasse von Herrn Niederbichler sei. Der Mensch nickt. Tja und dann entfährt es mir, getreu dem Motto: Woher soll ich wissen, was ich denke, bevor ich höre, was ich sage. „So Topflappen macht meine Tochter mit ihren Kindern im Kindergarten auch.“ Er blickt mich an und mir ist klar: Das war die falsche Äußerung.

Schon mal soviel vorweg: Es wird nicht besser. Der Raum füllt sich so langsam. Die Betonung liegt auf langsam. Eine dreiviertel Stunde nach dem offiziellen Beginn sind immerhin schon vier Studenten anwesend. Eine Studentin umwickelt Papiertüten mit Draht, eine isst Chips, eine glotzt, und der Mensch trinkt weiter Bier und produziert Topflappen. Ich halte meinen Mund, Aziz sowieso. Nach einer weiteren halben Stunde erscheint der Professor und mit ihm einige weitere Studenten. Nach einigem hin und her und Palaver werden Aziz und ich wahrgenommen. Aziz sitzt in einem recht niedrigen Sessel. Der stammt mit Sicherheit nicht aus Omas Wohnzimmer. Denn aus diesem niedrigen Sessel wäre Oma nie und nimmer wieder hoch gekommen. Okay, Aziz sitzt in diesem niedrigen Sessel. Professor Niederbichler stellt sich vor ihn, schaut auf ihn herab und fragt: „Sprichst du deutsch?“ Mir fährt es durch den Kopf: „Eigentlich schon, aber jetzt nicht mehr.“ Aziz blickt zu ihm hoch, stellt das Atmen ein und bringt noch ein „ein bisschen“ hervor. Dann verfällt er in eine Schockstarre. Mir ist klar, aus Aziz Mund kommt kein weiteres Wort. Der Blick von Herrn Professor spricht Bände. Er sagt: „Idiot!“ Um das peinliche Schweigen zu brechen, fange ich an zu reden und mache alles noch peinlicher. Herr Professor ist sich sicher: er hat es mit zwei Idioten zu tun. Einer ist stumm, der andere labert und hat von Kunst keine Ahnung. Ich stelle Fragen nach der Regelstudienzeit, nach Prüfungsinhalten, Studieninhalten und dergleichen. Hätte ich vorgeschlagen, dass wir doch jetzt auch mal alle nackig unseren Namen tanzen könnten, das Entsetzen wäre sicherlich geringer gewesen. Regelstudienzeit, was ist das? Vorlesungsverzeichnis? Haben wir so etwas? Nach etwa einer Stunde verlassen wir das WG-Zimmer, ähm Klassenzimmer, mit einem Vorlesungsverzeichnis und der Absprache, dass Aziz nächste Woche zur gleichen Zeit mit einigen seiner Bilder wiederkommt. Ich traue mich nicht zu fragen, was „zur gleichen Zeit“ genau bedeutet. Der Topflappen ist übrigens während des Treffens nicht fertig geworden.

Abends in unserer Küche beim Abendbrot demonstriert Aziz meinem Mann mit viel Pantomime und schauspielerischem Talent unsere Premiere in der Kunstakademie. Mir rollen vor Lachen die Tränen über die Wangen, als er auf meinen Mann herabsieht und sagt: „Sprichst du deutsch? Ich nichts mehr sagen und Augen von Professor sagen, du bist Idiot.“ Wir haben auf der Rückfahrt nicht darüber gesprochen, wie wir die Begegnungen erlebt und wahrgenommen haben. Auch wenn es irgendwie tragisch ist, aber ich freue mich, dass Aziz und ich in der Wahrnehmung der Situation einig sind. Es liegt also nicht an meinen Vorurteilen gegenüber Künstlern. Ich falle Aziz ins „Wort“, also in die theatralische Schilderung des Nachmittags: „Jetzt redet Petra. Und die Augen des Professors sagen: Jetzt haben wir zwei Idioten!“ Jetzt laufen Aziz Lachtränen über die Wange.

Eine Woche später sind wir wieder in der Kommune, ähm, der Kunstakademie. Die Topflappen scheinen fertig zu sein. Der Mensch ist nicht da. Vielleicht ist er auf dem Geburtstag seiner Oma, der er die Topflappen schenkt. Eine Studentin umwickelt weiterhin Papiertüten mit Draht, eine weitere glotzt weiter, die Chipstüte ist leer und liegt auf dem Fußboden, ein Student versucht sich an der Technik eines Beamers. Um es kurz zu machen: Das Kolloquium beginnt wieder mit Verspätung mit dem Eintreffen des Professors. Ich gebe zu, dass ich diesmal ein wenig gestresst bin. Denn ich habe eine junge Dolmetscherin um Hilfe gebeten. Sie hat mir etwas zögerlich zugesagt, da ihr Freund, der irgendwo im Ausland studiert, heute den letzten Tag zu Besuch ist. Und jetzt wartet sie mit Aziz und mir zusammen mit der Jucca-Palme und dem Flokatiteppich auf den Sesseln aus Omas Wohnzimmer auf Professor Niederbichler. Nur so am Rande: Eine Erklärung oder Entschuldigung für Verspätungen scheint an der Kunstakademie unüblich zu sein. Vielleicht ist es auch einfach so, dass sich das „akademische Viertel“ vervielfacht; eine viertel Stunde für Studenten, eine halbe für Menschen mit Doktortitel und für Habilitierte dann eine dreiviertel Stunde. Und dann gibt es noch ein paar Minuten Künstlerbonus oben drauf.

Wer weiß? Herr Niederbichler schlägt vor, doch erst einmal den Videofilm einer Studentin zu schauen und dann Aziz Bilder zu begutachten. Ich fürchte, die Dolmetscherin beißt gleich in den Flokatiteppich. Ich bitte darum, die Reihenfolge zu ändern, damit die Dolmetscherin ihren Freund noch zu Gesicht bekommt, bevor dieser wieder irgendwo ins Ausland verschwindet. Kein Problem, Aziz soll bitte seine Bilder im Flur aufstellen.

Aziz hat drei Bilder ausgesucht. Bilder, die den Schrecken des Krieges in Syrien erahnen lassen. Mich machen diese Bilder betroffen und schweigsam. Worte bleiben mir förmlich im Hals stecken. Ich spüre Aziz Aufregung, und auch mein Blutdruck erreicht schwindelerregende Höhe. Aziz zeigt hier nicht nur seine Bilder, er zeigt einen Teil von sich selbst. Nun stehen etwa zwölf Studenten und Professor Niederbichler im Flur und nehmen die Bilder in Augenschein. Der Flur gleicht vom Charme her dem Bahnhof in Pusemuckel und dem Hochsicherheitstrakt der Ausländerbehörde. Zuerst kommen Fragen zur Technik und Fragen wie „Hast du erst eine Idee und malst dann? Oder kommt die Idee beim Malen?“ Diese Fragen meistert Aziz mit Hilfe der Dolmetscherin problemlos. Die Frage, „Womit hast du in deiner Heimat gemalt?“, kann ich beantworten: „Mit Kohlestift und Bleistift auf Papier und Pappe.“ Die Studenten und Herr Niederbichler möchten wissen: „Warum nicht mit Farbe?“ Ganz einfach: „Es gab keine.“ Die Studenten wollen es ganz genau wissen: „Warum nicht?“ Aziz benötigt die Hilfe der Dolmetscherin nicht: „Weil Krieg.“ „Wer war dein Lehrer?“ Auch diese Frage beantwortet Aziz allein: “Keiner.“ Die Studenten und Herr Niederbichler wollen es wieder genau wissen: „Warum nicht?“ „Weil das nicht wichtig in Syria in Schule. Gibt es nicht.“

Was jetzt passiert, dafür schäme ich mich bis heute. Die Studenten und Professor Niederbichler schreiten den Flur auf und ab und betrachten eingehend die Bilder. Soweit, so gut. Vor einem Bild bleibt der Professor stehen und fragt: „Hast du das wirklich erlebt? Hast du das wirklich gesehen?“ Mein Herz rast, mir bricht der Schweiß aus. Ich empfinde es als absolut takt- und gefühllos, einen Menschen vor zwölf anderen, fremden Menschen auf dem Flur einer Hochschule nach seinen traumatischen Erlebnissen zu fragen. Ich empfinde es so, als würde man eine Frau nach einer Vergewaltigung fragen: „Na, wie war´s?“ Die Dolmetscherin übersetzt: „Ja“. Es geht weiter. Herr Niederbichler steht vor dem Bild „Mensch“. In der unteren rechten Bildhälfte ist ein Toter zu sehen, der in einer Blutlache liegt. „Ist der wirklich tot?“ „Ne, der tut nur so“, schießt es mir durch den Kopf. Die Dolmetscherin übersetzt: „Ja“. Zum Glück haben ein paar Studenten noch ein paar Detailfragen zur Technik und loben die Qualität der Bilder. Auch Professor Niederbichler bescheinigt Aziz Talent.

Nachts im Bett denke ich lange über das Kolloquium nach. Aziz ist im Großen und Ganzen zufrieden. Er freut sich über den positiven Zuspruch. Meine Gedanken kreisen hingegen um unseren Umgang mit Traumata. Sie kreisen und kreisen. Wahrscheinlich liegt der richtige Umgang irgendwo in der Mitte zwischen „Holzhammer“ und „Tabuisierung“ und ist so individuell wie jeder einzelne Mensch.

Aziz besucht einige Zeichenkurse an der Kunstakademie. Zu seinem Erstaunen und seiner Freude findet regelmäßig Aktzeichnen statt. „Petra, das ist anders als in Syria“, versichert er mir. „Aber gut!“ Den Besuch weiterer Kurse stellt er nach einigen

Versuchen ein. Zu oft steht er vor verschlossenen Türen, weil der Kurs kurzerhand verschoben wurde, der Professor zu spät kommt oder aus anderen undurchsichtigen Gründen. Nur am Rande: Eine Zugfahrt nach M. kostet hin und zurück über zwanzig Euro. Das sind 5 Prozent seines Monatsbudgets. Also fahre ich Aziz meist mit dem Auto. Ich schaufele mir einen Nachmittag frei, besorge Vertretungen und betreibe ziemlich viel Aufwand. Und wenn der dann für die Katz ist, dann ist meine Stimmung für die selbige.

Die Klasse plant eine Fahrt nach Berlin. Sie möchte Aziz gerne dabei haben. Aziz freut sich. Ich bitte die Tutorin der Klasse darum, mir möglichst rechtzeitig Informationen zukommen zu lassen. „Warum? Wir machen das ganz spontan. Jeder kommt irgendwie nach Berlin, sucht sich eine Unterkunft und dann verabreden wir uns spontan zu Besichtigungen.“ Okay, damit ist der Drops für Aziz gelutscht. Eine Zugfahrt, ein Hotel, spontane Verabredungen, das traut er sich nicht zu. Und abgesehen davon, fehlt ihm das notwendige Kleingeld. Schade. Die Tutorin geht in sich und bietet Aziz einige Tage später eine Mitfahrgelegenheit im Auto und eine gemeinsame Unterkunft mit mehreren Studenten an. Super, Aziz freut sich. Wir schaffen es, die Lehrerin des Integrationskurses zu überzeugen, dass eine Klassenfahrt nach Berlin die Integration auf jeden Fall vorantreibt, und wir besorgen eine Sporttasche. Anderthalb Tage vor der Abreise erhalte ich eine Mail: Die Tutorin fährt nicht mit. Aziz soll sich bitte ein Zugticket besorgen. Mein Mann und ich werden irgendwann später mit Aziz nach Berlin fahren.

Der Ehrlichkeit halber: Aziz geht gerne in die Kunstakademie. Er schätzt den Professor und seine Kommilitonen. Er ist dankbar, dass er von ihnen lernen darf.

Blick über den Tellerrand

Manchmal habe ich den Eindruck, unser Hof ist ein Hochbegabtenmagnet. Nahezu alle unsere Reitkinder sind „hochbegabt“ und „besonders“. Für Mama und Papa steht fest: Ihr Sprössling befindet sich auf dem direkten Weg zum Nobelpreis. Es steht nur noch nicht fest, zu welchem. Leider gibt es auf dem Weg zum Nobelpreis einige Stolpersteine. Einer der Stolpersteine ist nicht selten der Lehrer. Der Lehrer, der die Qualitäten von Klein Lina, Marie-Sophie, Matz und Johannes einfach nicht sieht. Der Lehrer, der durch sein Bestehen auf lesbare Schrift, Rechtschreibregeln und Interpunktion die Kreativität von Alinchen, Klara und Marc-Alexander im Keim erstickt. Und der Lehrer, der einfach die Frechheit besitzt, das ausgeprägte Selbstbewusstsein von Carmen, Chantal, Kevin und Pascale „mangelnde Erziehung“ zu nennen.

Wenn der Bauer nicht schwimmen kann, dann ist die Badehose schuld. Und wenn das Kind in der Schule Schwierigkeiten hat, dann der Lehrer. So einfach ist das. Okay, auch meine Darstellung ist vereinfacht. Zugegeben. Aber ich möchte eine Lanze für die Lehrer brechen. (Habe ja selbst auf Lehramt studiert.) Auch Lehrer sind Menschen. Auch sie haben gute und schlechte Tage, auch sie schlafen mal gut, mal schlecht und haben ihre Probleme und Problemchen. Und zu ihren persönlichen Problemchen kommen die Probleme von 27 Kevins, Pascales, Chantales, Klein-Lisas und Sophies hinzu. Damit nicht genug, denn alle 27 Kinder haben Eltern. Und diese Eltern wollen für ihre Kinder selbstverständlich nur das Beste. Aber darüber, was „das Beste“ ist, da können Meinungen schon mal auseinander gehen.

Ich habe Verständnis dafür, dass ein Lehrer etwas lauter wird, wenn er Jasmin-Chantal und Marius-Leander zum X-ten Mal an das Einmaleins der Benimmregeln erinnern muss. Nein, wir können nicht alle gleichzeitig reden, wild in der Klasse herum rennen, dem Nachbarn das Buch wegnehmen und ihm auch nicht das Lineal auf den Kopf hauen. Die Anzahl der IQ-Punkte ist kein Grund für Ausnahmeregelungen. Und auch der Gebrauch von „Bitte" und „Danke" ist mit ADHS möglich. Im Sportunterricht können auch nicht alle Kinder alleinerziehender Eltern stets „Erster" sein. Es leben einfach recht viele Kinder bei einem Elternteil. Und auch wenn Maria, Sina und Michel eine Allergie gegen Gluten, Lactose und Hühnereier haben, muss nicht zwingend für alle Kinder ein veganes, gluten-, lactose- und hühnereifreies Frühstück eingeführt werden. Allerdings muss auch nicht die Milchschnitte zum gesunden Frühstück erklärt werden, nur weil Klein-Jeremie die so gerne isst und seine Mutter Milchschnitten für so gesund hält, weil da ja Cerealien drin sind. All diese und ähnliche Themen habe ich auf unzähligen Elternabenden meiner Töchter diskutiert. Ich gebe zu, bei meiner Ältesten habe ich eifrig mitdiskutiert, bei meiner Mittleren nur gelegentlich einen Beitrag in die Runde gestreut, bei meiner Jüngsten habe ich bedauert, meine Nagelfeile vergessen zu haben. Ich hätte die Zeit gerne zur Maniküre genutzt. Da komme ich im Alltag so selten dazu. Aber auch Lehrer dürfen sich bei Elternabenden und Elterngesprächen nicht maniküren. Und dann bin ich mal solidarisch.

Okay, lange Rede, kurz der Sinn. Ich gehe auf fast jede Elternbitte meiner Reitkinder ein und nehme Rücksicht darauf, wenn Kinder einen schlechten Tag hatten. Wenn sie Stress mit dem Lehrer hatten, eine schlechte Klassenarbeit zurückbekommen haben, Streit mit ihrer besten Freundin hatten oder sonstwie

„traumatisiert“ (Elternzitat) sind. Dann versuche ich die Stimmung der Kinder zu heben, ihr Selbstbewusstsein aufzubauen oder biete ihnen Gelegenheit, sich den Kummer von der Seele zu reden. Ponys sind exzellente Zuhörer. Der Wunsch nach Rücksichtnahme beschränkt sich aber nicht auf (eigene) Kinder! Auch Lehrer, Eltern, Verwaltungsangestellte, Asylbewerber, Rentner und Kassiererinnen haben ein Recht auf Rücksichtnahme. Deshalb schwillt mir der Kamm, wenn Eltern um Rücksicht auf Klein-Emma bitten, weil diese heute Streit mit Klein-Lara hatte, und dann zwei Atemzüge später sich darüber beschweren, dass sie gesehen haben, dass in der Flüchtlingsunterkunft der Müll nicht ordnungsgemäß getrennt wird.

Der erste Kontakt zwischen Aziz und mir war ein „Facebook-Kontakt“, ein Daumen hoch für sein gemaltes Boot voller Menschen. Ich bin zwar, in den Augen meiner Reitkinder in einem Alter, in dem man sich einen Rollator und eine Schnabeltasse zum Geburtstag wünschen sollte, aber ich schaue trotzdem ab und zu bei „facebook“ vorbei. Klein-Lina fragte ganz interessiert, als ich ihr von Urpferdchen erzählt habe: „Gab es die, als du klein warst noch?“ Zum Glück fragte mich Klein-Emma in der Stunde danach, ob ich noch Milchzähne hätte. Da war meine Welt wieder in Ordnung. Zurück zu Facebook: Ich habe Facebook-Freunde, like und teile hin und wieder Beiträge und schreibe mit Aziz regelmäßig PNs. Darüber hinaus treibt Facebook meinen an sich zu niedrigen Blutdruck ab und zu in schwindelerregende Höhen. Viele meiner Facebook-Freunde sind Tierfreunde und in der einen oder anderen Tierschutzgruppe aktiv. Das ist lobenswert. Mich bringt es aber auf die Palme und zum Löschen der Facebook-Freundschaft, wenn direkt nach dem Beitrag über einen armen Hund aus Rumänien (oder Spanien oder woher auch immer) für den man einen geduldigen, neuen Besitzer mit Hundeerfahrung sucht, damit Rex (oder Bello oder wer auch immer) seine schlechten Erfahrungen und Ängste vergessen kann, wenn direkt nach diesem Beitrag ein Post kommt wie: „Flüchtlinge nutzen keine gelben Säcke“, „Flüchtlinge erscheinen nicht pünktlich zum Deutschkurs“, „Flüchtlinge bekommen mehr Sozialhilfe als Deutsche“, „Flüchtlinge bekommen mehr Liebe als Deutsche“, „Flüchtlinge dürfen kostenlos mit der Bahn fahren und müssen weder in Restaurants noch in Bordellen die Rechnung zahlen“. Wenn ich so etwas lese, bekomme ich Bluthochdruck! Ich habe selbst drei Hunde, die mir jeden Tag Freude machen und deren Wohlergehen mir am Herzen liegt. Ich freue mich über jeden Menschen, der sich im Tierschutz engagiert. Ehrlich! Aber bitte: Bringen wir Menschen mindestens so viel (am besten mehr) Verständnis entgegen wie Tieren! Aber bitte keine Beiträge aus dem Tierschutz übernehmen: „Wir suchen für den kleinen Achmad ein neues Zuhause. Er hat es in seiner Heimat nicht gut gehabt und ist nun verstört und ängstlich. Deshalb sollte seine neue Bezugsperson Geduld und Erfahrung mit Flüchtlingen haben. Achmad hat die lange Reise bereits überstanden und lebt zur Zeit in einer Sammelunterkunft. Hier zeigt er sich verstört und verängstigt. Er versteht die Welt nicht mehr. Bitte helft uns, ihn dort herauszuholen. Der Besuch einer Hundeschule, pardon eines Integrationskurses, wird dringend angeraten. Gesundheitszeugnis liegt vor.“

Ich bin absolut dafür, dass Lehrer ihre Schüler respektvoll behandeln! Aber wenn ein Lehrer ausnahmsweise einmal lauter wird, das falsche Kind beschuldigt oder sonst einen Fehler macht, dann appelliere ich an das Recht auf Rück- und Nachsicht. Und, um zurück zum Thema zu kommen: Ich empfehle den Blick über den sogenannten Tellerrand.

Was Aziz mir über seine Erlebnisse in syrischen Schulen erzählt, lässt mich schaudern und macht mich betroffen.

Es beginnt damit, dass seine Muttersprache in Schulen verboten ist. Kurdisch ist tabu! Kurdisch darf weder im Unterricht noch in den Pausen gesprochen werden. Wer kurdisch spricht, hat mit harten Strafen zu rechnen. Nein, nicht nachsitzen oder Strafarbeiten. Es gibt Schläge. Harte Schläge auf die nackten Beine, Arme oder auf den Rücken. Wer sein Buch vergessen hat, kann damit rechnen, ebenfalls geschlagen zu werden. Das steht ganz im Ermessen des Lehrers. Hatte der Lehrer eine schlechte Nacht, keine gute Verdauung, Stress mit seinen Frauen oder einfach mal so schlechte Laune, dann sieht es für die Kinder schlecht aus. Aziz hat für ein vergessenes Buch eine solche Ohrfeige kassiert, dass er sich übergeben musste, Nasenbluten hatte und seine Nase seitdem schief ist. Körperliche Züchtigung ist in seiner Heimat an der Tagesordnung und, obwohl seit einiger Zeit offiziell nicht mehr gestattet, durchaus die „pädagogische“ Maßnahme der ersten Wahl. Dabei spielt weder das Alter noch das Geschlecht der Schüler eine Rolle. Aziz wurde als zehnjähriger geschlagen, aber auch als junger Erwachsener. Geschlagen wird mit dem Stock, mit der Hand, mit einem Kabel. Den Grausamkeiten der Lehrer sind keine Grenzen gesetzt.

Zur physischen Züchtigung kommen Erniedrigungen hinzu. Kinder werden in Syrien nicht einfach in die Ecke gestellt. Sie stehen dort auf einem Bein mit erhobenen Armen. Und wehe, es wackelt, oder die Arme sinken nach unten. Dann ist dies ein Grund mehr für körperliche Züchtigung. Bringt ein Kind nicht die geforderten Leistungen und muss beispielsweise eine Klasse wiederholen, dann fordert der Lehrer die anderen Kinder auf, den

„Sitzenbleiber“ zu verhöhnen. Ihm werden lange Eselsohren gezeigt, und er wird von allen als Esel beschimpft.

Dass Schulerfolge nicht immer etwas mit tatsächlich erbrachten Leistungen zu tun haben, sondern auch gewisse Bezüge zur Herkunft, zum Geldbeutel und zum sozialen Status der Eltern besteht, das ist ein anderes Thema. Nach diesen Exkursen in syrische Schulen bin ich für das deutsche Schulsystem dankbar. Auch wenn es mit Sicherheit noch das eine oder andere zu verbessern gibt. Ein Abitur nach 8 Jahren braucht nun wirklich niemand; die Wirtschaft nicht, die Schüler nicht, die Universitäten nicht. Keiner, außer vielleicht Anbieter für „Yoga als Burnout-Prophylaxe für Unterstufenschüler“. Aber das nur am Rande.

Wenn „Mama Klein-Leonie“ mir erbost erzählt, dass Frau Schulte-Lempel Leonie wieder keinen Smiley unter die Hausaufgaben gesetzt hat und „Klein-Leonie“ darüber sehr traurig sei, dann atme ich kurz durch, blicke über den Tellerrand und versuche Leonie einen Smiley ins Gesicht zu zaubern.

Resilienz und syrische Esel

Es passiert selten, aber es passiert. Reitschüler fallen vom Pony. Diesmal hat es leider Laura erwischt. Jous kleiner Schreckhüpfer wegen des wild gewordenen Huhns reicht aus, und Laura liegt im Sand. Der Schreck ist größer als der Schmerz. Aber bei Laura wiegt der Schreck doppelt. Sie lebt bei Pflegeeltern und schleppt aus ihrer frühen Kindheit einige „Päckchen“ mit sich herum. Deshalb telefoniere ich abends noch einmal mit Lauras Pflegemama, um mich zu vergewissern, ob alles „im grünen Bereich“ ist.

Aziz wundert sich. „Petra, warum? Ist doch nichts schlimm.“ Lassen wir die spezielle Situation Lauras einmal außer Acht. Es ist wirklich nichts schlimm. Wer reitet, fällt vom Pferd. Das ist so sicher wie das Amen in der Kirche. Irgendwann trifft es jeden. Und wer wieder aufsteigt und weiter reitet, der fällt früher oder später erneut. So ist das eben. Reiten ohne Sturz, das ist so wie: Wasch mich, aber mach mich nicht nass. „Bange machen gildet nicht“ hat auch im Reitsport Gültigkeit. Das ist an sich auch allen Eltern klar; theoretisch zumindest. Fällt der Sprößling aber dann tatsächlich einmal vom Pony, ist das Theater meist groß. „Nein! Wir fahren auf jeden Fall zum Abklären ins Krankenhaus!“ „Lina, natürlich tut dir etwas weh. Das kann gar nicht anders sein.“ „Sophiechen, jetzt hast du sicherlich Angst, oder?!!!“ Nur um es einmal klar zu stellen: Wir sind keine Verfechter der Methode, „aufstehen, Sand abklopfen, sofort wieder aufsteigen und weiter geht’s möglichst im Galopp“. Wir trösten die Kinder, schauen nach möglichen Verletzungen und gehen auf Nummer sicher. Aber dabei bewahren wir Ruhe. Die meisten Kinder sind eher stolz auf ihren ersten Sturz. Weil: Erst dann ist man ein echter

Reiter und bekommt eine Schleife. Und: Bisher ist Gott sei Dank noch nichts wirklich Ernsthaftes passiert und unsere Statistik (ein Sturz pro Halbjahr, wobei darin die Stürze beim Absteigen enthalten sind) kann sich meiner Meinung nach sehen lassen.

Nun, Mamas sehen unfreiwillige Abgänge nicht immer mit Ruhe und Bedacht, sondern fahren in die Notaufnahme, kippen massenhaft Arnica ins Kind und/oder weinen aus Empathie eine Strophe mit. Manchmal weint Mama noch, während Klein-Paula darauf besteht, Amigo auf die Weide zu bringen. „Der ist so lieb und der kann ja nix dazu." Ich brauche in der Regel wesentlich mehr Zeit, Mama zu beruhigen, als das betroffene Kind.

Nun, Aziz versteht diese Aufregung überhaupt nicht. Er erzählt mir: „Petra, wir spielen auf der Straße, immer, jeden Tag. Keine Mama und keine Papa. Wir wollen reiten auf Esel, drei Freunde und ich. Aber Esel will nicht. Er macht immer", Aziz verdeutlicht mir pantomimisch Bocken und Steigen. „Petra, wir immer von Esel auf Straße. Einmal, zweimal, zehnmal, immer. Und Straße hart. Keiner weinen, alle lachen und helfen wieder auf Esel. Manchmal bisschen reiten, dann wieder" - er imitiert Bocken und Steigen - „Dann wir wieder auf Straße. Immer nur drei Schritte reiten auf Esel. Keine Mama, keine Papa weiß das. Und abends gehen in Haus ohne Esel." Ich muss herzhaft lachen und beneide Aziz fast ein wenig. Solche Erfahrungen stärken die Resilienz, machen stark fürs Leben. Wie heißt es so schön: Stolpern, hinfallen, aufstehen, Staub abwischen, Krone richten, weiter gehen. Und das am besten mit Hilfe von Freunden, mit Hilfe von Gleichaltrigen. Ich bin mir sicher: Wir wollen das Beste für unsere Kinder, aber dadurch, dass wir alle Anstrengungen und jeden Schmerz von ihnen fern halten, schaden wir ihnen.

Wir enthalten ihnen wichtige Lebenserfahrungen vor, im wahrsten Sinne des Wortes not-wendige Lebenserfahrungen, an denen sie wachsen und stark werden können. „Aziz, ein bisschen Straße ist für Kinder gut!“ Aziz lächelt mich an: „Petra, du bist etwas syrisch.“ Das betrachte ich als Kompliment.

Kinder - Reichtum

Die Themen des interkulturellen Austauschs gehen uns nicht aus. Am Esstisch, Lagerfeuer und Kamin reden wir über Gott und die Welt, Männer und Frauen, über Sex and drugs and rock and roll. Ein ganz beliebtes Thema ist das Thema Kinder.

Aziz hat sieben Geschwister, was in seiner Heimat guter Durchschnitt ist. Es gibt Familien mit deutlich mehr Kindern, vor allem dann, wenn der Mann mehr als eine Frau hat. Einer seiner Mitschüler hat 24 Brüder, und Aziz erzählt von einem alten Mann aus seiner Heimatstadt, der vier Frauen hatte, mit denen er es auf stattliche 50 Söhne brachte. Und auch diese Söhne sollen zahlreiche Nachkommen gezeugt haben. „Petra, die halbe Stadt ist diese Familie. Und die ganze Stadt hatte Angst vor dieser Familie. Mit der durfte es kein Problem geben.“ Mittlerweile ist es, so Aziz, eher selten, dass ein Mann mehrere Frauen hat.

„Petra, ich habe meinen Vater gefragt, warum hast du so viele Kinder? Das ist doch ein Problem“, erzählt mir Aziz. „Mein Vater sagt: Ein Baum an dem nur ein Apfel wächst, ist nicht gut, besser sind viele Äpfel.“ Aziz sieht die Schwierigkeiten, die der Kinderreichtum in seiner Heimat mit sich bringt. In den Familien ist es oft laut. Es gibt Streit, der auch mal mit Hilfe körperlicher Auseinandersetzung ausgetragen wird. Viele Kinder leben mehr oder weniger auf der Straße und sind sich selbst überlassen. Bildung ist Mangelware. Dies ist ein Nährboden für Kriminalität, Drogenkonsum und Streitigkeiten jeglicher Art. „Petra, Eltern haben kein Geld für die Schule für alle Kinder. Aber hier in Deutschland haben alle viel Geld. Warum dann wenig Kinder?“

An dieser Stelle möchte ich einmal Aziz' Vater großen Respekt zollen. Er hat allen seinen acht Kindern das Abitur ermöglicht.

Ja, warum haben Deutsche im Schnitt nur 1,37 Kinder? Ich möchte jetzt nicht missverstanden werden. Dies ist kein Plädoyer für die zehnköpfige Großfamilie oder Polygamie. Dies ist lediglich ein kleiner Einblick in die Gedanken, die mir mehr oder weniger spontan in den Kopf gekommen sind. Dies ist ein kleiner Anstoß, unsere „Dogmen" einmal zu hinterfragen. Denn ich glaube, wir sind mit unseren Ansprüchen an unseren Lebensstandard oft dogmatischer als der Papst. Braucht wirklich jedes Kind ein eigenes Zimmer? Aziz erzählt, dass es in seinem Haus ein Zimmer für die Jungs, eins für seine Schwestern und eins für Mama und Papa gab. „Petra, das ist schön. Ja, auch viel Streit mit Hussein und Hassan, aber auch reden und lachen. Und wenn dunkel, dann hörst du immer Atem von Bruder." Vielleicht nehmen wir unseren Kindern in ihren „Einzelzimmern" auch eine ganz wichtige und wohltuende Erfahrung. Mit Geschwistern ein Zimmer zu teilen, ist nicht zwangsläufig ein Fall fürs Jugendamt.

Muss ich meinem Kind tatsächlich die komplette Ausbildung finanzieren? Ist es wirklich unzumutbar, dass „Kinder" (es handelt sich meist um junge Erwachsene) wenigstens einen Teil zur Finanzierung ihrer Ausbildung, ihres Studiums beitragen? Wäre das nicht ein wichtiger Schritt Richtung Eigenverantwortung und Selbstständigkeit? Die Frage lässt sich ausweiten auf: Müssen Eltern jedem Kind den Führerschein, das erste Auto, die Komplettausstattung der ersten Wohnung, das Handy, die Nachhilfe, den Reitunterricht, das Fitness Center, die Klavierstunden und den Therapeuten bezahlen? Für was dürfen sich unsere Kinder heute noch anstrengen?

Mein Blutdruck steigt rapide und ungesund an, wenn mir meine Reitkinder vorjammern: „Ich muss gleich noch zum Klavier." Nein, du DARFST zum Klavier! Und klar macht Klavierüben nicht immer Spaß, aber du DARFST ein Instrument lernen. Darum würden dich Millionen Kinder beneiden. Aziz Brüder sind Musiker. Sie sind brillante Sazspieler, wirkliche Meister auf ihrem Instrument. Und das ohne musikalische Früherziehung, Ermahnungen der Eltern „Nun übe doch endlich!" und Musikschule. Sie sind mit Eigeninitiative, Fleiß und Talent zu den besten Sazspielern ihrer Heimat geworden.

Mein Vater sagte immer: „Du glaubst doch nicht, dass wir die Ecken abrunden, den Würfelzucker anwärmen und ihn dir dann in den Hintern blasen." Entschuldigung, aber mein Vater ist ein Mensch der klaren, manchmal etwas drastischen Worte. In einer Situation kommt mir sein Zitat in den Sinn. „Mama!!! Bring meinen Helm!" Paulinchen steht fünf Meter neben dem Tisch, auf dem ihr Reithelm liegt. Mama sitzt weiter entfernt auf einem Gartenstuhl und unterhält sich angeregt mit einer anderen Mutter. „Hallo, Paulinchen, du hast selbst zwei Beine mit denen du bis zum Tisch laufen kannst. Du möchtest reiten, nicht die Mama. Mamas sind keine Aschenputtel. Und Mamas haben hier auf diesem Hof immer frei und außerdem heißt es bitte." Die Reaktion der Mütter ist bezeichnend. Sie springen in der Regel auf, bevor ihr Sprössling den Satz zu Ende gesprochen hat und auf meine kleine Ansprache hin, beteuern sie mir: „Das ist mir so noch gar nicht aufgefallen."

Ein solches Verhalten käme in Aziz' Heimat keinem Kind auch nur in den Sinn. „Petra, wir müssen Mama und Papa helfen. Natürlich. Weil Mama uns geboren. Wir sind dankbar. Immer Respekt für Eltern.“

Viele Kinder sind wahrscheinlich auch ein guter Schutz davor, dem Sprössling das Gefühl zu geben, die Erde würde sich um sie drehen. Klar ist es bis zu einem gewissen Alter völlig in Ordnung, sich für den Mittelpunkt allen Geschehens zu halten. Aber irgendwann sollte es jedem Menschen dämmern, dass er nicht die Erdachse ist. Okay, manche Männer leiden auch im hohen Alter noch am „Hahnsyndrom“: Ich krähe, deshalb geht die Sonne auf. Diese spezielle, hoch gefährliche Ausprägung der Vogelgrippe ist leider auf den Menschen (vor allem auf Männer) übertragbar. Aber Erziehung ist meiner Meinung nach ein besserer Schutz als die Stallpflicht.

Erziehung ist in einem Land, in dem Familien mit drei Kindern schon kinderreich sind und nicht selten als leicht „assi“ und „zu dumm zum Verhüten“ belächelt werden, nicht unbedingt einfach. Ich finde, wir dürfen Kindern mehr zumuten. Wir dürfen Kindern zumuten, dass sie eine Minute still warten, bis Erwachsene ein Gespräch zu Ende geführt haben. Und zwar ohne, dass Mama hundertmal sagen muss „Ja, gleich Schätzchen, einen Augenblick bitte“ (einmal muss reichen!) Wir dürfen Kindern zumuten, dass sie nicht immer erster sind, sondern auch mal zweiter, dritter und auch mal letzter. Wir dürfen Kindern zumuten, dass alle anderen ein Smartphone haben, nur sie nicht. Ein Smartphone zu besitzen, ist im Grundschulalter noch kein Menschenrecht (und später auch nicht). Wir dürfen ihnen auch zumuten, dass sie nicht immer nach Herzenslust schreien und toben dürfen.

Nein, manchmal möchte zum Beispiel die alte Frau im Nachbarhaus schlafen, Mama einen Beitrag im Radio hören oder der Bruder muss Hausaufgaben machen.

Das Leben richtet sich selten nach unseren Bedürfnissen. Es hat da ganz eigene, völlig undurchschaubare Ideen. Und das ist auch gut so. Je früher wir lernen, damit klarzukommen und uns damit zu arrangieren, desto besser. Nicht, dass ich missverstanden werde: Ich bin dafür, auf Bedürfnisse von Kindern (und auch von Erwachsenen) zu achten und sie ernst zu nehmen! Ich möchte nur den Blick und das Empfinden dafür schulen, dass das eigene Empfinden und das eigene Bedürfnis nicht das Maß aller Dinge ist. In aller Regel ist es von Vorteil, wenn wir weiter gucken als von der Wand bis zur Tapete.

Nur das Beste!

Alle Eltern möchten das Beste für ihr Kind. Die Frage ist nur: Was ist das Beste? Wenn ich sehe, wie Mama-Antonia mit quietschenden Reifen auf den Hof fährt und mit gehetztem Blick ihrer Tochter zum Abschied eine Kusshand mit den Worten zuwirft: „Antonia-Schatz, denk dran, nach dem Reiten müssen wir direkt zum Ballett und dann noch einkaufen. Also nicht wieder trödeln!“, um dann den Hof wieder mit quietschenden Reifen zu verlassen, dann habe ich nicht nur Sorge um meine Tiere, die unter die Räder kommen könnten. Ich fürchte selbiges auch für Klein-Antonia. Klein-Antonia ist mit Mama um 6.30 Uhr aufgestanden, ist ab 7.30 Uhr in der „Offenen Ganztagsschule“, hat dann bis 13.30 Uhr Mathe, Deutsch, Religion, Sachkunde und Co, anschließend wird sie wieder in der „Offenen Ganztagsschule“ pädagogisch wertvoll betreut, incl. Mittagessen und Hausaufgaben. Um 16 Uhr kommt Mama, und dann geht es los; je nach Wochentag zum Ballett, zum Geigen, ins Schwimmbad, zum Reiten, zur Logopädie, zum kreativen Yoga und zum Therapeuten. Denn man möchte doch gerne wissen, warum Klein-Antonia an den Nägeln kaut, Ein- und Durchschlafschwierigkeiten und Konzentrationsprobleme hat und in Mathe einfach keine bessere Note als eine 2- bekommt. Mama und Papa-Antonia haben auch schon Nachhilfe in Erwägung gezogen. Leider hat der Nachhilfelehrer freitagsabends um 19.30 Uhr keine Zeit. Aber ein anderes offenes Zeitfenster findet Mama-Antonia beim besten Willen nicht.

Nur die Angst davor, missverstanden zu werden, hält mich davon ab, ein großes Schild mit der Aufschrift „Pädagogikfreie Zone“ an unser Hoftor zu hängen. Ich habe Pädagogik studiert und halte

Reflexionen über Erziehung und zwischenmenschlichen Umgang für absolut notwendig. Aber: Ich beneide Aziz ein wenig um die Zeiten, in denen er unbeobachtet von Eltern, Lehrern, Pädagogen, ja unbeobachtet von Erwachsenen Zeit verbringen konnte. Zeit in denen er mit Freunden eigene Ideen entwickeln konnte, Pläne schmieden und ausführen durfte, Fehler machen erlaubt war und auch eine körperliche Auseinandersetzung nicht gleich ein Grund für eine Elternversammlung zum Thema Mobbing nach sich zog. Ich beneide ihn ein wenig für die Zeiten der Langeweile, in denen sich sicherlich ein Teil seiner Kreativität entwickelt hat. Und ich beneide ihn für die Belastungen, die ihm zugetraut wurden, mit denen er seinen Beitrag zum Familienleben leisten musste.

Bei unseren Schnuppertagen „Rund ums Pony" beobachte ich immer wieder mit Erstaunen, dass das Einsammeln der Pferdeäpfel das Highlight des Tages darstellt. Für manche Kinder ist das „Abäppeln" schöner als das Reiten. Mit hochroten Köpfen, manchmal sogar mit Schweißperlen auf der Stirn, schieben sie die Schubkarre über Weide und Paddock, kratzen Pferdeäpfel auf den Mistboy und wuchten dann mit vereinten Kräften alles in die Schubkarre. Ich versichere hier als absolute Fachfrau: Abäppeln ist ein Knochenjob. Und ich gestehe: Ich habe nicht immer Spaß daran. Aber die Kinder! Sie geben alles, und wenn ich ihnen anbiete, sie dürften die Arbeit beenden und spielen, kommt immer – wirklich immer: „Nein! Wir möchten weiter machen!" Pferdeäpfel einsammeln macht mehr Spaß als Pferdchen spielen. Warum? Ich glaube, die Kinder genießen es, sich körperlich anzustrengen, an ihre Grenzen zu gehen und diese gemeinsam zu überwinden. Und sie genießen es, eine sinnvolle Arbeit zu verrichten, eine Arbeit, die wichtig ist für das Wohlergehen anderer, eine Arbeit, die ein wichtiger Beitrag für die Gemeinschaft ist. Eine wirkliche Aufgabe zu haben ist lebenswichtig, im Gegensatz zum Besitz von Smartphones, Markenjeans und auch im Gegensatz zu einem Abiturdurchschnitt von 0,7. Geben wir Kindern die Möglichkeit uns zu zeigen, dass sie wichtig sind.

Reitunterricht und der Sack Reis in China

Ich liebe es, wenn Aziz lacht. Das kommt zum Glück immer häufiger vor. Das erste herzhafte Lachen durfte ich im Picassomuseum hören. Hier der Grund für Lachen Nummer zwei: meine älteste und meine jüngste Tochter sind begeisterte Reiterinnen. Und ich darf mit ein wenig Stolz sagen, dass sie zwei talentierte, feinfühlige, gute Reiterinnen sind. Selbstverständlich nehmen beide regelmäßig Unterricht, besuchen Seminare und Kurse. Denn auch beim Reiten und im Umgang mit Pferden lernt man nie aus, und wir betrachten Fortbildung als aktiven Tierschutz. Leider ist es nicht nur in der Pferdewelt so, dass Gewalt dort beginnt, wo Wissen endet.

Für meine Töchter gilt wie für unsere Reitkinder: Es gibt kein schlechtes Wetter, nur unpassende Kleidung. So reiten Lisa und Anne im strömenden Regen auf dem Reitplatz und erhalten Anregungen von Bianca, unserer Reitlehrerin. Aziz betrachtet das Geschehen einige Minuten, guckt mich dann an und fragt: „Petra, was ist das?“ Ich bin ein wenig erstaunt, Aziz hat doch Augen im Kopf. „Lisa und Anne haben Reitunterricht.“ „Warum?“ Die Frage drückt völliges Unverständnis aus. „Warum? Sie reiten gut. Sie reiten schnell. Sie fallen nicht auf die Straße. Petra, warum?“ Dann fängt er an zu lachen, laut und herzhaft. „Petra, das ist total bescheuert. Es regnet. Es ist nass. Und Anne und Lisa reiten gut. Und du gibst Geld für Lehrer.“ Er lacht so, dass ich wider Willen mitlachen muss. Und irgendwann denke ich: „Irgendwie hat er Recht. Wir Reiter sind schon ein bisschen bescheuert. Vor dem Kamin auf dem Sofa wäre es jetzt definitiv angenehmer.“

Ich denke über dieses Lachen vor dem Einschlafen noch ein wenig intensiver nach. Natürlich sind Reitunterricht und Fortbildung – unabhängig vom Leistungsstand – absolut wichtig. Aber mal ganz ehrlich: Die Erdachse verschiebt sich nicht einen Millimeter, wenn das Pferd einmal nicht so läuft, wie es sein sollte. Es fällt in China kein Sack Reis um, wenn das Pony mal kurzzeitig vor oder hinter der Senkrechten läuft. Es platzt in Hamburg auch keine Bratwurst zusätzlich auf, wenn die Traversalen nach links nicht so flüssig sind. Und es kräht auch kein Hahn danach, wenn das Pferd mal über die Schulter ausfällt. Ich entschuldige mich jetzt hier offiziell für das Fachchinesisch, für das Reiterdeutsch. Aber mal ehrlich: Allein die Reitersprache ist Grund genug, die Mundwinkel ein wenig Richtung Ohren wandern zu lassen. Mit einem kleinen Abstand betrachtet, ist unser Fachjargon allein ein Grund zur Erheiterung. Kleiner Tipp am Rande: Denken Sie vor dem Aufsteigen an Redewendungen, wie „Der läuft nicht über den Rücken?“, „Der tritt nicht ans Gebiss heran?“ oder, auch sehr schön, „Der läuft ohne Hinterhand“. Wer auf dem Pferd lächelt, reitet meist viel besser. Denn er ist lockerer und weniger verkrampft.

Und genau das habe ich durch das Lachen von Aziz gelernt. „Petra, warum? Das ist total bescheuert!“ Einen Schritt zurücktreten, die Situation mit ein wenig Distanz betrachten, sich fragen, was würde ein Außerirdischer (oder ein Syrer) dazu sagen und sich neu ein Urteil bilden. Ein solcher Blickwinkel lässt vieles, nicht nur Reitstunden, in einem anderen Licht erscheinen. Uns sind Reitstunden nach wie vor wichtig, aber wenn etwas nicht so gut wie gewünscht geklappt hat, dann lassen wir uns davon nicht den ganzen Tag verderben. Lachen oder zumindest Lächeln ist keine schlechte Alternative. Das gilt nicht nur für Reitstunden, sondern auch für Hundeerziehung, Klassenarbeiten, Haushaltsführung und die Planungen von großen Events wie Kinderkommunion und Hochzeitsfeiern.

Vorsicht! Rücksicht!

Für mich sprechen zwei Gründe gegen Kinderreichtum: Kindergeburtstage der eigenen Kinder und Elternsprechtage. Da beides in Syrien nicht derartig zelebriert wird wie bei uns, kann ich verstehen, dass Familien dort acht, neun, zehn und mehr Kinder haben. Warum auch nicht? Über die Frage nach der idealen Anzahl von Kindern innerhalb einer Familie kann man wahrscheinlich diskutieren, bis man scheckig wird; oder man lässt es. Aber Aziz` Erzählungen über das Leben in einer Großfamilie haben bei mir einige Gedanken in Gang gesetzt.

Dass Opa einsam und allein in einer Wohnung lebt, nur zur Weihnachten Besuch bekommt (und das auch nur, wenn Opa zuvor mit Hilfe einer Trauerkarte seine Familie zu sich zwingt), oder dass Opa nach seinem unbemerkten Ableben Monate in seiner Wohnung vor sich hin verwest, bis Nachbarn die Geruchsbelästigung nicht mehr ignorieren können, so etwas wäre in Syrien undenkbar. Einige „Kinder“, deren Alter durchaus jenseits der vierzig liegen kann, leben mit ihrer Familie im Haus der Oma. Die anderen „Kinder“ schauen mindestens einmal am Tag vorbei und bringen Zeit für Tee und Gespräche mit. Und: Oma hat die Hosen an. Sie darf ihren erwachsenen Söhnen und Enkelkindern sagen, „wo der Frosch die Locken hat“, und wo es im Leben lang geht. Großeltern sind Respektspersonen. Sie gehören nicht zum „alten Eisen“. Pflegenotstand ist in dieser Hinsicht in Syrien ein Fremdwort.

Ich erlebe Aziz als sehr rücksichtsvollen Menschen. Er erkundigt sich stets, ob ich Tee möchte, Hunger habe, müde bin oder was auch immer. Als fünftes von acht Kindern hat er Rücksichtnahme vermutlich mit der Muttermilch eingesogen. Ein wenig davon wünsche ich mir für so manchen Solosprössling! Doch manchmal beschleicht mich das Gefühl, dass Rücksichtnahme nicht mehr trendy, sondern out of order oder uncool ist.

Es ist Mai, wir haben trotzdem schon 40 Grad im Schatten, die Ponys tragen noch ein wenig Winterpelz. Sie schwitzen schon beim Dösen. Klein-Mathilde kommt auf mich zugerannt: „Petra! Darf ich heute Galopp machen?“ „Heute geht das nicht. Schau mal, es ist so warm. Amigo schwitzt jetzt schon. Du hast jetzt ein T-Shirt an, Amigo noch seine Winterjacke. Und du würdest jetzt auch nicht gerne in Winterjacke joggen gehen.“ Mathilde versichert mir, dass sie auf keinen Fall jetzt in Winterjacke joggen will, lacht und holt Halfter und Putzzeug. „Dann machen wir einen Ausritt in den Wald, ja Petra?“ „Okay!“ Mama-Mathilde sieht die Lage aber ganz anders: „Ach, die Kleine hat sich den ganzen Tag schon so auf Galopp gefreut. Eine Runde schafft das Pony doch!“ In solchen Situationen bin ich zugegebenermaßen erst einmal sprachlos. Wie vermittele ich Mama-Mathilde, dass Rücksichtnahme wichtiger ist als eine Runde Galopp? Vermutlich könnte ich mich auf Suaheli rückwärts besser verständlich machen.

Meine Oma war eine weise Frau. „Bange machen gildet nicht!“ Diese Weisheit hatte nicht nur Gültigkeit, wenn es darum ging, meinem Opa ein Bier aus dem Keller zu holen oder, ohne, wirklich viel Ahnung zu haben, meine mündliche Abiturprüfung in Angriff zu nehmen. „Bange machen gildet nicht“ gilt auch für das Zusammenleben mit Menschen aus anderen Ländern und Kulturen.

Wenn mir die Mama von Klein-Lisa und Klein-Maria erzählen, dass sie ihre Kinder nicht mehr alleine mit dem Rad ins Dorf zur Eisdiele radeln und erst recht nicht mehr ins Schwimmbad lassen, weil da so viele Flüchtlinge sind, dann bekomme ich Pickel und Ausschlag! Denken hilft! Die meisten sexuellen Übergriffe erfolgen im familiären Nahbereich. Gerade da, wo wir unsere Kinder in Sicherheit wähnen, kommt es zu sexuellem Missbrauch. Die Täter sind nicht selten Opa, Onkel, Babysitter, der Klavier- oder Reitlehrer. Der Ratschlag: „Pass bei den Flüchtlingen auf! Geh ihnen aus dem Weg. Die sind gefährlich!“ ist so sinnlos wie die Warnung vor dem bösen Wolf auf der Uferpromenade des Halterner Stausees. Machen wir Kinder stark und selbstbewusst. Das ist mit Sicherheit ein besserer Schutz, als ihnen Ängste nahezulegen.

Sicher stellt sich angesichts von Fremden ein Gefühl von Unsicherheit und evtl. auch von Angst ein. Aber statt wegzurennen oder zuzuschlagen, kann ich es auch mal mit einem Lächeln versuchen. Lächeln versteht man auch in Syrien, Eritrea, im Iran, Irak und in Timbukto; vielleicht sogar auch im Osten von Deutschland. Bisher haben alle Menschen mein Lächeln erwidert. Ich bin selten mit so viel Respekt und Gastfreundschaft bedacht worden wie von Aziz Freunden und seinen Geschwistern. Und: Sobald das erste Lächeln ausgetauscht und ein paar Worte gesprochen sind, ist die Angst deutlich kleiner. Dann ist der Fremde nämlich nicht mehr fremd. Er hat einen Namen, vielleicht weiß ich sogar, aus welchem Land er kommt. Und spätestens nach dem zweiten Treffen in der Schlange an der Kasse von Edeka oder vor der Eisdiele, freuen wir uns, uns zu treffen und die Angst ist verflogen.

Ich werde von allen Flüchtlingen, die in unserem Dorf leben, stets freundlich gegrüßt. Einige möchten gerne ein Foto von unseren Ponys und sich machen. Und irgendwie freut es mich, wenn ich mir vorstelle, dass die Mama und der Papa des jungen Flüchtlings in Afghanistan oder sonstwo auf der Welt unseren Balu mit ihrem Sohn betrachten.

Um Begegnungsmöglichkeiten zwischen Einheimischen und Flüchtlingen zu bieten, organisiere ich zusammen mit Freunden Begegnungsfeste. „Fremde sind Freunde, die wir noch nicht kennengelernt haben" lautet das Motto. Gemeinsam spielen, essen, malen, basteln, am Feuer sitzen und gemeinsam singen, senkt die Scheu vor dem ersten Lächel- und Wortaustausch. Als „Dolmetscher" haben wir Klinikclown Christoph dabei. Seine rote Nase öffnet so manche Tür. Es sind die kleinen Situationen, die uns im Orgateam alle Mühen der Vorbereitungen vergessen lassen: Wenn ein junger Mann uns bittet, seiner Mutter in der Heimat per Skype zuzuwinken. Die Mutter irgendwo am anderen Ende der Welt winkt uns vom Herd aus zurück. Sie trägt ein Kopftuch, sie hat Falten und Zahnlücken, aber sie lächelt von Herzen und ist sichtlich froh, dass es ihrem Sohn gut geht. Zwei Jugendliche, ein „Ursythener" und ein Afrikaner, reden mit Händen und Füßen miteinander. Es geht um Fußball, soviel können auch die Außenstehenden verstehen. Die beiden bleiben über Facebook in Kontakt und der junge Afrikaner wird später Mitglied im TuS-Sythen. Ihm verdanken die Sythener in der neuen Saison so manches Tor. Zwei ältere Frauen sitzen gemeinsam am Tisch. Die eine probiert Nusskuchen, die andere gefüllte Teigtaschen. Beide zeigen mit vollem Körpereinsatz, dass es schmeckt. Sie schaffen es im Verlauf des Gesprächs sogar, Rezepte auszutauschen. Und bei den Kindern gibt es gar keine Verständigungsschwierigkeiten. Sie spielen fangen, verstecken, mit dem Schwungtuch, Pferdchen und Plumpssack. Sie malen und basteln zusammen. Sie verstehen wahrscheinlich überhaupt nicht, warum ihre Eltern Schwierigkeiten mit der Völkerverständigung haben.

Gegen Ende des Festes setzt Regen ein. Doch das ist kein Grund, den Heimweg anzutreten. Dabei tragen die Hälfte der Besucher, also alle Flüchtlinge, unpassende Kleidung. Doch sie fragen, ob sie kurz das Mikrophon haben dürfen. Sie bedanken sich in ihrer Landessprache, in Bruchstücken von Deutsch und mit Hilfe eines Dolmetschers für den schönen Nachmittag. Und sie bitten um die Erlaubnis, singen zu dürfen. Was nun folgt, hat für mich etwas Magisches. Die Sonne geht unter und sorgt für so zauberhaftes Licht, wie kein Lichttechniker der Welt es vermag. Es regnet nur noch sachte. Etwa 100 Deutsche und Geflüchtete stehen zusammen und einige Männer fangen an zu singen. Sie singen in einer Sprache, die wir Deutschen sprachlich nicht verstehen. Aber ich kann fühlen, dass alle Menschen, ganz gleich welcher Nationalität diese Lieder verstehen. Sie gehen direkt ins Herz. Alle können die Sehnsucht spüren, die in diesen Liedern mitschwingt; die Sehnsucht nach der Heimat, nach geliebten Menschen, nach der Familie. Ich bin nicht die einzige, die ihr Taschentuch zückt, sich schnäuzen muss und ein paar Tränen aus den Augen wischt.

Es wäre naive Schönfärberei, wenn ich behaupten würde, dass bei der Vorbereitung und Durchführung dieser Feste alles immer nur rund laufen würde. Es hakt auch an manchen Stellen. Aber gerade durch die „Haken“ lerne ich. Ich spreche im Vorfeld des Festes einige Syrer, die ich über Aziz kennengelernt habe, an und bitte sie um Mithilfe.

Einen Lehrer, der in Syrien Kunst unterrichtet hat, bitte ich, das XXL-Gemälde, das auf einer riesigen Leinwand entstehen soll, zu betreuen. „Petra, gerne! Ich komme! Ich mache das!“ Den Erlös des Tages möchten wir einem Radioprojekt zukommen lassen. Der Leiter des Projektes, ein Kurde, der bereits längere Zeit in Deutschland lebt, sichert mir zu, sein Projekt beim Begegnungsfest vorzustellen. Um es kurz zu machen: Das XXL-Gemälde hat letztendlich eine Freundin von mir betreut, und das Radioprojekt habe ich selbst vorgestellt.

Abends sitzen wir mit dem Orgateam, zu dem auch Aziz gehört, bei Pizza, Bier und Wein zusammen. Aziz fragt: „Petra, warum bist du enttäuscht?“ Ich erzähle ihm von den Zusagen seiner Landsleute. Aziz schaut verwundert. „Petra, das einfach so sagen. Das ist klar, dass sie nicht kommen.“ Ich schaue ihn verständnislos an. „Petra, ich weiß, dass sie nicht kommen. Alle können das wissen.“ Über meinem Kopf schwebt das riesige Fragezeichen. Wir brauchen Hände, Füße, Googleübersetzer und viel Zeit, bis ich verstanden habe: In arabischen Ländern ist es absolut tabu, eine Bitte abzulehnen. Dort ist es eine schlimme Beleidigung, „Nein“ zu sagen. Also sagt man „Ja“, aber es ist völlig klar, dass dieses „Ja“ keine Konsequenzen hat. Unser „Ein Mann (oder eine Frau), ein Wort“, das gibt es nicht. Aziz hat von Anfang an gewusst, dass seine Landsleute dem Fest fernbleiben. Er ist ehrlich erstaunt darüber, dass ich fest davon ausgegangen bin, dass sie erscheinen. Wir sprechen lange und ausführlich über den Wert von „Verlässlichkeit“. Dieses Gespräch ist für Aziz sehr wichtig, und er ist froh und dankbar zu lernen, wie Deutsche denken, wie wir Deutschen ticken. Aber auch ich bin dankbar. Ich gehe mit Zusagen jetzt deutlich entspannter um und nehme das Nichteinlösen von Zusagen nicht mehr persönlich.

Es vergeht kaum ein Tag ohne Schreckensmeldung: Vergewaltigungen durch Flüchtlinge, Messerattacken durch Flüchtlinge, Handgreiflichkeiten, Übergriffe, Belästigungen, Diebstähle, Einbrüche, Terrorverdacht, Terroranschläge. Der Schrecken nimmt kein Ende. Nach solchen Gewalttaten sind Gefühle von Entsetzen und Angst selbstverständlich. Auch ich habe Angst. Die Frage ist jedoch: Wie gehe ich mit dieser Angst um? Und in diesem Punkt würde ich mir wünschen, dass sich mehr Menschen daran erinnern, dass sie eigentlich vernunftbegabte Wesen sind. Wir müssen uns nicht zwingend von unseren Gefühlen und Trieben bestimmen lassen.

Die Vernunft darf ein Wort mitreden! Denken hilft und „bange machen gildet nicht!" Die Teilnahme am Straßenverkehr ist wesentlich risikoreicher und gefährlicher als der Besuch eines Weihnachtsmarktes. Und doch steigen wir jeden Tag frohen Mutes in unser Auto und fahren los. Nicht selten fahren wir sogar schneller als erlaubt, ohne dass wir dabei so etwas wie Angst empfinden. Wir genießen dabei vielmehr unsere Freiheit. Und so wünsche ich mir auch den Umgang mit der Angst vor Terror: Umsichtig weitermachen (also ohne Geschwindigkeitsüberschreitung) und sich nicht von der Angst lähmen lassen. Wenn wir in Schockstarre verfallen, hat der Terror gesiegt. Mich hat es schockiert, dass ein geplanter Ausflug mehrerer Schulklassen zum Weihnachtsmarkt nach Münster mit der Begründung abgesagt wurde: Das ist zu gefährlich. Hallo! Leben ist immer lebensgefährlich. Wir sind doch in anderen Punkten auch wesentlich schmerzbefreiter: Wir essen zu fett, schauen zu tief ins Glas, bewegen uns zu wenig, stressen uns zu oft, fahren zu schnell Auto und schlafen zu wenig. Es sterben in Deutschland mehr Menschen an den Folgen von Übergewicht, Alkoholkonsum und Verkehrsunfällen als durch Terroranschläge.

Doch zu Mac D. sind wir freudig erregt unterwegs, ohne einen Gedanken an den Zusammenhang von Übergewicht und Bluthochdruck und Co. Doch all die daraus resultierenden Risiken bringen uns vermutlich schneller ins Grab als der Besuch auf einem Weihnachtsmarkt. Es sei denn, wir übertreiben es mit dem Glühwein. Über meinem Schreibtisch hängt ein Schild: Meine Meinung steht fest. Bitte verwirren Sie mich nicht mit Tatsachen. - Meine Angst steht fest. Bitte verwirren Sie mich nicht mit Tatsachen.

Wir haben in Haltern auf den Terroranschlag in Nizza mit einer Hoffnungs-Bilder-Aktion reagiert. Mit der Hilfe von Bahram Hajou und Aziz haben Halterner Bürger am Markttag vor der Sixtuskirche auf drei großen Leinwänden ihrer Hoffnung kreativ Ausdruck verliehen. Es sind nicht nur wunderschöne Bilder entstanden, es haben auch bereichernde, intensive Gespräche stattgefunden. Es tat gut, gemeinsam etwas zu schaffen. Für das Bild, das unter der Anleitung von Bahram entstanden ist, hat ein prominenter Fußballer (mit Lokalbezug) großzügig für interkulturelle Projekte zwischen deutschen und Flüchtlingskindern gespendet. Die Bilder, die Aziz betreut hat, wurden von einem Halterner Kunstliebhaber gekauft und hängen nun in der städtischen Musikschule und der Erich Kästner Schule. „Petra, das ist gut, dass viele Menschen Bilder sehen." Die Bilder spiegeln das Motto der Aktion wider: „Wir lassen uns von Angst nicht lähmen, wir werden kreativ. Wir zeigen bunt auf weiß, dass unsere Hoffnung stärker ist als Angst, dass Liebe und Vertrauen stärker sind als Terror und Gewalt." Dem ist nichts hinzuzufügen.

Nach dem Terroranschlag in Berlin haben wir die beiden Hoffnungsbilder aus den Schulen geholt und sie bei einer Mahnwache auf den Marktplatz gestellt. Aziz hat mit Kreide ein großes Herz auf den Platz gemalt. Auf die Stufen hat er geschrieben: „Wir sind alle gleich". Auf das Herz und die Stufen stellen die Besucher ihre Kerzen. Das Herz erstrahlt hell. Es sind viele Menschen gekommen, Halterner und Flüchtlinge. Sie alle stehen still beieinander, fassen sich an den Händen, Gedenken der Opfer des Anschlags und bekunden, dass sie sich gemeinsam gegen Gewalt und Terror stellen, dass sie gemeinsam für Frieden und Miteinander einstehen. Ich lese das Motto der Mahnwache vor. „Dunkelheit kann Dunkelheit nicht vertreiben, nur Licht kann das. Hass kann Hass nicht vertreiben, nur Liebe kann das." Dabei laufen mir ein paar Tränen über die Wange. Es ist sehr bewegend. Es tut gut, in Momenten der Angst und in Momenten des Entsetzens nicht allein dort zu stehen. Der Kreis aus über 250 Menschen, die sich an den Händen halten, macht Mut.

„Wie schön, dass du geboren bist“ und der Nahostkonflikt

Wie bereits erwähnt, halte ich Kindergeburtstage für einen der wenigen triftigen Gründe für Kinderlosigkeit. Mittlerweile kann ich über die Tränen schmunzeln, die die kleinen Gäste meiner Mädels vergossen haben, weil sie beim Sackhüpfen nicht „Erster“ waren, weil unter dem Topf keine roten Gummibärchen lagen, sondern nur grüne und darüber, dass Luisa einen Tobsuchtsanfall bekam, weil sie beim Kaffeetrinken nicht neben dem Geburtstagskind sitzen konnte. Über all diese Tränen und Aussetzer kann ich mittlerweile immerhin schon schmunzeln. Auch darüber, dass Marleen gleich zu Beginn der Feier auf die Bowlingbahn gereihert und sich Anne beim Spielen am Bach fast den Zeh amputiert hat. Auch darüber, dass selbstverständlich nie ein Kind die Berge von Kuchen, Muffins, Pommes und Spaghetti aufgegessen hat, die es sich – gegen mein Anraten – auf den Teller schaufeln musste. Aber als Kindergeburtstagsmutter fand ich das damals nicht komisch. Ich war nach jeder Feier heilfroh, wenn der letzte kleine Gast abgeholt wurde, das Haus noch stand und kein Rettungssanitäter zum Einsatz gekommen ist. Die Wohnung sah aus wie nach einem Wirbelsturm, das Geburtstagskind war völlig „über die Uhr“ und ich selbst bedauerte, dass die lieben Kleinen für die Babyklappe jetzt definitiv zu groß sind. Also ehrlich, Spaß ist anders.

Heute biete ich auf unserem Hof Kindergeburtstage an. Wenn es nicht die eigenen Kinder sind, dann sind Kindergeburtstage eine tolle Sache. Wir machen eine Schatzsuche, malen Ponys bunt, reiten, streuen Glitzer auf Hufeisen, machen ein Lagerfeuer, matschen im Sand und spielen Pferd mit echten Zügeln auf dem

Reitplatz. Ehrlich gesagt, nicht nur die Kinder haben Spaß, ich auch.

Aziz hilft mir bei den Geburtstagen regelmäßig mit. Ihm sind Geburtstagsfeiern fremd. In seiner Heimat kennen viele Menschen ihr Geburtsdatum gar nicht. Deshalb ist auch der 1.1. so eine Art Kollektivgeburtstag für viele Flüchtlinge. Auch ich habe mich gewundert, dass alle Kinder der Familie M. im Januar das Licht der Welt erblickt haben. „Aziz, sag mir, dein Papa und deine Mama hatten doch nicht nur im April Sex, oder?“ Aziz schaut verständnislos. „Warum?“ „Weil ihr alle im Januar Geburtstag habt.“ Aziz lacht und erklärt mir, dass Geburtstag in seiner Heimat keine Bedeutung zugesprochen wird. „Petra, wir wissen das Jahr. Das ist wichtig für Schule und Militär. Aber alte Menschen wissen auch nicht das Jahr. Sie wissen nicht wie alt.“ Aber Aziz findet Gefallen an Geburtstagen, an Kindergeburtstagen und vor allem an Geburtstagsfeiern meiner Töchter und deren Freunden. „Das ist viel Spaß!“

Mir fällt wieder einmal die Diskrepanz zwischen „sein Geburtsdatum nicht kennen“ und einem deutschen Kindergeburtstagsevent auf. Mama-Ben möchte gerne auf unserem Hof Bens achten Geburtstag feiern. Das erste Gespräch dauert eine halbe Stunde, in der ich die Örtlichkeiten, unser Angebot, die Farbe der Pferde, die Größe der Hunde, die Anzahl der Tische und Stühle, meine Schuhgröße und Augenfarbe und alles andere Wichtige erörtere. Das Gespräch endet mit der Vereinbarung einer Vorortsbesichtigung. Dieser Termin wird dreimal verschoben, wobei die neue Terminfindung sich stets schwierig gestaltet. Klein-Ben hat auch noch einen Bruder.

Und Klein-Ben und sein Bruder haben ungefähr einen so vollen Terminkalender wie Angela Merkel. Alles ist sehr eng getaktet. Aber irgendwann findet die Ortsbegehung statt. Sie dauert 40 Minuten, denn Klein-Ben möchte alles ganz genau wissen. „Wie schwer ist das Schwein? Wie schwer ist das andere Schwein? Wie schwer ist das Kaninchen? Das andere Kaninchen? Und warum hat die Mähne von Balu zwei Farben?“ Nachdem all dies und vieles mehr zur Zufriedenheit geklärt ist, bittet mich Mama-Ben um Bedenkzeit, denn Klein-Ben ist immer so unsicher und kann sich schlecht entscheiden. Nach fünfzehn weiteren Anrufen (Ja, Mama-Ben darf auch Nusskuchen mitbringen. Ja, acht Gastkinder sind völlig okay. Nein, Sandalen gelten nicht als festes Schuhwerk. Ja, die Fingerfarbe lässt sich auswaschen.) legen wir einen Termin für die Kindergeburtstagsfeier von Klein-Ben fest. Nur zur Info: Alle Interessenten erhalten einen Infobrief, in dem alles detailliert beschrieben wird, unser Angebot, die Rahmenbedingungen, die Aufgaben der Eltern, die Kosten, einfach alles. Eine Woche vor der Feier ruft Mama-Ben täglich an. „Können wir auch einen Mottogeburtstag feiern? Ben möchte gerne einen Indianergeburtstag.“ Klar, kein Problem, solange die Federn für den Haarschmuck unseren Hühnern nicht entrissen werden. Am nächsten Tag: „Ben kann sich so schlecht entscheiden: Geht auch Bob der Baumeister?“ Klar, nichts ist unmöglich. Auch Bob der Baumeister geht. Nächster Tag: „Geht auch Star Wars?“ Okay, ich strafe meine Aussage von gestern Lüge. Nichts ist unmöglich, stimmt nicht. Star Wars geht nicht. Ich teile Mama-Ben mit, dass ich von Star Wars keine Ahnung habe, und ich nicht die geringste Lust verspüre, mir die Star Wars Bücher oder Filme zu Gemüte zu führen. Ich habe eine Laserschwertallergie. Mama-Ben sieht darin kein Problem. Sie verspricht mir, sich selbst Star Wars-mäßig fortzubilden und mir morgen eine Zusammenfassung der Triologie zu schicken.

Tatsächlich, am nächsten Tag erhalte ich die Star Wars Saga auf einer Din-A 4 Seite. Ich zeige sie einem guten Freund von mir, einem absoluten Star Wars Fan. Er bekommt auf der Stelle Schnappatmung: „Petra, das ist Star Wars zusammengefasst von einem Steuerberater." Keine Ahnung, welchen Beruf Mama-Ben hat. Bis zur Feier folgen noch einige kurze Anrufe, in denen wir die Farbe der Kerzen auf dem Geburtstagskuchen und die Marke des Ketchups abklären, und dann findet der große Event statt.Und der ist klasse. Alle haben Spaß. Wir finden den Schatz, reiten auf Amigo und Balu, lassen uns Stockbrot schmecken, spielen am Feuer und alle sind glücklich und zufrieden; auch Mama-Ben und alle Jodas und Laserschwertträger. Das Zustandekommen des Nato-Doppelbeschlusses oder die Friedensverhandlungen in Syrien sind ein „Nippes" im Vergleich zu der Planung des achten Geburtstages von Klein-Ben. Ich hoffe, der Bruder von Klein-Ben hat nicht direkt im Anschluss Geburtstag, so dass Mama-Ben die Chance hat, das nervöse Mund- und Augenlidzucken in Ruhe auszukurieren.

Ich finde es gut, wenn Eltern ihren Kindern eine schöne Geburtstagsfeier ermöglichen. Und ich bin ehrlich: Mama-Ben ist eine Synthese aus Mama-Luca, Mama-Emma und Mama-Elias; also keine Einzelperson. Es gibt viele Möglichkeiten zwischen Nichtbeachtung von Geburtstagen und einer Planung von Geburtstagen mit der Intensität, mit der sonst Bahnhöfe in Stuttgart oder Planungen von Castortransporten geführt werden. Unser Hof bietet für Kindergeburtstage ein passendes Ambiente: Tiere, viel Platz, einen Wald, eine Feuerstelle, Wasser, alles, was Kindern gut tut. Ich finde aber: Manchmal ist weniger mehr. Wir stressen unsere Kinder mit einem Überangebot an pädagogisch Wertvollem. Den meisten Spaß haben die Kinder, wenn sie nach Herzenslust auf dem Reitplatz toben können.

Sie sind glücklich, wenn sie dort Pferd oder Fußball spielen, im Sand matschen, durch den Rasensprenger laufen oder im Wald Holz suchen dürfen, um ein Lagerfeuer zu entfachen. Kinder brauchen keine Rundumanimation mit Firlefanz. Klein-Ben fand an seinem Geburtstag auf jeden Fall am schönsten, dass er „Katzensteine“ gefunden hat. Nur für die erwachsenen Leser, die nicht wissen, was Katzensteine sind: Schotter, ganz einfacher schwarzer Schotter, der in der Sonne glänzt.

Wir überraschen Aziz mit einer Geburtstagsparty im Bowlingcenter. Es gibt Geburtstagskuchen mit Kerzen, Geschenke und ein Geburtstagsständchen. Wir sind fast 20 Gäste. Ich glaube das freut Aziz am meisten; zu sehen, wie viele deutsche Freunde er hat. An diesem Abend wirft er dreimal hintereinander alle zehn. Wenn das kein gutes Omen für das nächste Lebensjahr ist.

Solo oder Event? Der Umgang mit der Trauer

Von Geburtstagen, also vom Anfang des Lebens, ein Schwenk in die andere Richtung hin zum Ende des Lebens. Dorthin schauen wir in aller Regel nicht gerne. Aber eines steht fest: Dass das Leben endet, ist todsicher! Deshalb hat „Bange machen gildet nicht“ auch hier seinen Sinn. Die Endlichkeit des Lebens zu ignorieren, macht so viel Sinn wie einem Hahn den Schnabel zuzubinden, um den Sonnenaufgang zu verhindern.

Aziz und ich sitzen im Auto und fahren nach Osnabrück, seinen Bruder besuchen. Wir haben also Zeit, in aller Ruhe zu reden. Aziz erzählt mir, wie in seiner Heimat Beerdigungen ablaufen. Der Leichnam wird aufgrund der klimatischen Verhältnisse zeitnaher als bei uns unter die Erde gebracht, in Tücher gewickelt und mit „Blick“ Richtung schwarzem Stein in die Erde gelegt. Das Abschiednehmen ist in Aziz Heimat ein wahrer Event. Daneben sehen selbst deutsche Kindergeburtstage und Hochzeitsfeiern „blass“ aus. In der Nähe des Hauses des Verstorbenen wird ein Stück Straße gesperrt, genau genommen werden zwei Stück Straße gesperrt. In diesen Sperrzonen kommen dann gut 1000 Menschen zusammen. Sie sitzen dort auf mitgebrachten Teppichen, weinen gemeinsam, reden, essen, trinken Tee und Kaffee, rauchen und sind einfach zusammen. In einer Zone sitzen die Männer, in der anderen die Frauen. Die Bewirtung übernimmt die Familie, also nicht nur die Kerngroßfamilie, sondern auch Cousins, Cousinen, Tanten und Onkel. Die Nachbarschaft unterstützt selbstverständlich auch. 1000 Menschen, das ist kein Pappenstiel. Zumal die 1000 Menschen nicht nur einmal zusammen kommen. Der Event dauert fünf Tage. Wenn der Anlass ein anderer wäre, dann könnte man fast von einem Festival sprechen. In fünf Tagen wird schon eine Menge gegessen und getrunken. Die Töpfe, in denen der Reis gekocht wird, so versichert mir Aziz, sind etwa so groß wie der Kofferraum meines Autos. In meinen Kofferraum passen mehrere Hunde, mehrere Säcke Hafer und Möhren, und wenn es sein muss auch ein paar Heuballen. Fünfundzwanzig Schafe pro Tag sind das Minimum. „Petra, das viel Arbeit! Aber niemand alleine, immer reden und weinen zusammen. Und ab dem zweiten Tag auch ein bisschen lachen." Auch nach den fünf Tagen, erzählt Aziz, werden die Hinterbliebenen weiter besucht, und es wird ihnen geholfen. „Petra, bei uns sagt man, wenn jemand tot, dann ist Frau oder Mann oder Kind ein Jahr traurig. Aber nie alleine traurig."

Bei uns kann man die Gäste einer Beerdigung manchmal an einer Hand abzählen: Pfarrer, Messdiener und Sargträger. Bei uns wird in der Regel sehr einsam gestorben und auch sehr einsam getrauert. In dieser Hinsicht täte uns interkulturelle Nachhilfe gut. Ich finde, wir sind, was Sterbe- und Trauerkultur angeht, ein echtes Entwicklungsland. Glauben wir, dass uns das Ignorieren des Todes unsterblich macht? Ich muss Sie enttäuschen: Das funktioniert nicht! Alles hat ein Ende, nur die Wurst hat zwei.

Multikulti zwischen Hühnern, Pferden und Minischweinen

In unserer Familie geht es recht lebhaft zu. Wir haben viel Besuch, auf dem Hof finden regelmäßig größere und kleine Events statt und sechs Pferde, zwei Schweinchen, drei Hunde, Hühner, Katzen und Kaninchen sorgen für tierisch viel Leben. Irgendwas ist immer. Anfangs musste sich Aziz vor allem an unsere Hunde gewöhnen. Hunde in Syrien sind nicht mit unseren Haushunden vergleichbar. Hunde in Syrien leben halbwild (oder ganz wild) auf der Straße und in Wäldern. Sie werden nicht gerade mit großer Freundlichkeit behandelt und umgekehrt begegnen Hunde Menschen auch bestenfalls argwöhnisch, meist feindselig und aggressiv. Hunde hält man sich mit Hilfe von Steinen und Stöcken vom Hals und gibt im Notfall Fersengeld. Hunde im Haus, das war für Aziz völlig neu und unverständlich. Und auch heute noch vertritt er die Ansicht, dass Hunde im Haus eigentlich nichts verloren haben. Nichtsdestotrotz ist seine anfängliche Angst verschwunden, und vor allem unser Luc hat es mit seinem Charme geschafft, das Herz von Aziz zu erobern. Luc darf auf seinem Schoß sitzen und bekommt Streicheleinheiten. Aziz` Lieblingstiere sind jedoch die „Karuschks", die Kaninchen. „Petra, Hassan und ich, wir haben in Syria 100 Kaninchen. Kaninchen immer viele Babys." Bei den syrischen Langohren handelte es sich jedoch nicht um Zwergkaninchen. „Petra, unsere Karuschk so groß wie Katze." Ich muss heute noch darüber lachen, wie Aziz mir mit viel pantomimischen Körpereinsatz schildert, wie Hassan sich in Sicherheit bringen musste, weil der Kaninchenleitbock zum Angriff übergegangen ist, um seine Hasendame und den Nachwuchs zu verteidigen. Selbstverständlich wurden die Kaninchen geschlachtet und gegessen. Aziz gibt zu: „Ja, sehr lecker.

Aber Hassan und ich können nicht tot machen.“ Dafür war die große Schwester zuständig. Aziz grinst: „Petra, Eva Kaninchen-Daesh.“

Ich werde immer an Aziz denken müssen, wenn ich einen Frosch sehe. Nein, ich sehe keine Parallelen zum Froschkönig und spüre keinen Impuls ihn durch einen Kuss zum Prinzen zu machen. Wir haben zwei Teiche, in denen zahlreiche Frösche leben. Wir lieben es, ihren Konzerten zu lauschen – ja, auch nachts! - und sie zu beobachten. Damit sich unsere .Frösche wohlfühlen, findet jedes zweite Frühjahr eine große Teichreinigungsaktion statt. Diese Aktion ist ein kleiner Event bei dem meist auch die Grillsaison eröffnet wird. Das Ganze ist eine sehr gesellige, lustige Aktion, bei der es zwar viel zu tun, aber auch viel zu lachen gibt: Schlamm schippen, Wasser schippen, pumpen, Pflanzen zurückschneiden, Grill anzünden, für Getränkenachschub sorgen und vor allem Frösche, Fische und Kaulquappen retten. Frösche und ihre Nachkommen werden während der Reinigungsaktion in Speisfässer gesetzt, von wo aus sie das Reinigungsgeschehen aus sicherem Abstand beobachten können. Sollte sich ein Fisch in unseren Teich verirrt haben, so wird er in einem Eimer zum Sandbach transportiert und darf dort weiter schwimmen. Letztes Jahr bekam sogar jeder Fisch ein kleines Abschiedslied gesungen.

In diesem Jahr ist Aziz bei der Aktion Gartenteichreinigung dabei. Wir haben ihm vorher mit Händen, Füßen und Googleübersetzer erklärt, worum es geht und was sein Job ist. Aziz ist voller Elan dabei und möchte gerne den Schlammschippern helfen. Leider hat er nicht damit gerechnet, dass die Teichfolie sauglatt ist. Und so ist er der Erste, der nach einer kleinen Rutschpartie im Schlamm landet.

Er nimmt es mit Humor, lacht mit, lässt sich auf die Beine helfen, zieht sich um und ist kurze Zeit später wieder im Einsatz. Ich glaube, er ist ein wenig froh, dass nach ihm auch noch andere „Reinigungskräfte" ein unfreiwilliges Schlammbad nehmen. Später sitzen wir am Grill, trinken ein Bier und beobachten die Frösche. „Petra, hier in Deutschland ist Leben von Frosch wichtig. In Syrien ist Leben nicht wichtig. Nicht von Frosch und auch nicht von Mensch. Petra, ich habe heute viel gelernt von Menschlichkeit." Ein ganz sicheres Zeichen dafür, dass der Frühling kommt, ist der Krötenzaun. Sobald die Temperaturen ansteigen, werden die Naturschützer aktiv und bauen entlang unserer Straße den grünen Krötenzaun auf. Nicht nur unsere Pferde glotzen und scheinen sich zu fragen, was das ist. Auch Aziz fragt: „Petra, was ist das?" Sein Deutsch ist mittlerweile so gut, dass ich ihm die Funktion des Zauns ohne Googleübersetzer erklären kann. Er schaut ungläubig: „Petra, das wirklich für Frösche? Damit Frösche nicht tot, wenn sie gehen über Straße?" Ich bestätige ihm, dass genau aus diesem Grund der Zaun jedes Jahr aufgebaut wird und Menschen jeden Abend kommen, um die Frösche in Eimern über die Straße zu tragen. Aziz grinst. „Petra, das ist verrückt. Petra, Deutschland hat Respekt vor Leben! Warum nicht in Syria?"

Auf unseren Hof kommen viele Menschen mit Behinderungen. Sie lieben das Zusammensein mit den Tieren, die Spaziergänge mit den Pferden und selbstverständlich auch das Reiten. Aziz beobachtet die Besuche von Markus, Dagmar, Samantha, Tim und Co genau. Er sieht, wie wir Tim in den Arm nehmen, Tim uns versichert, dass er uns gern hat und wir versichern ihm, dass wir ihn auch gern haben. Er sieht, wie Dagmar ihren Kopf minutenlang an Balus Hals legt und sie ihm ihre Probleme erzählt.

Mit dem zwischenmenschlichen Dialog hat Dagmar extreme Schwierigkeiten. Oft bekommt sie kaum ein Wort heraus. Und er sieht, wie Markus mindestens zehn Zentimeter größer wird, wenn er Marcahn am Strick führen darf. „Petra. In Syria diese Menschen ein bisschen wie Hund.“ Ich frage nach, was er genau damit meint, und erfahre, dass Behinderte in Syrien mit Steinen beworfen, bespuckt und beschimpft werden. Daran nimmt niemand Anstoß. Das ist normal. „Petra, alle machen so.“ Menschen mit Behinderungen haben keine Rechte. Sie werden in der Regel von ihren Familien versteckt gehalten und in der Öffentlichkeit völlig respektlos behandelt. Ihre Lebenserwartung liegt bei maximal 30 Jahren. Dass behinderte Menschen hier Fürsorge, Förderung und Zuneigung erfahren, ist für Aziz eine völlig neue Erfahrung. „Petra, wenn ich mit Freunden Billard spielen, ein Freund immer machen 'Dusch` mit Menschen wie Markus. Ich immer sage: Mach nicht. Er sagt: Warum? Das Spaß!“ „Dusch“ ist unser Wort für körperliche Auseinandersetzungen. Wieder einmal bin ich froh und dankbar, in einem Land wie Deutschland zu leben. Rechte für Menschen mit Behinderungen sind keine Selbstverständlichkeit.

Markus geht jeden Samstag mit Marcahn spazieren. Sein Betreuer versichert uns, dass Markus ansonsten den Trampelpfad zwischen Sofa und Kühlschrank nur sehr ungern verlässt. Markus ist folglich ein wenig zu klein für sein Gewicht. Freiwillig bewegt Markus sich äußerst ungern. Nur mit Marcahn ist er gerne und flott unterwegs. Für seinen Betreuer und mich stellt diese Runde eine kleine sportliche Herausforderung dar. Wahrscheinlich ist Markus auch deshalb so zügig unterwegs, weil es im Anschluss Kaffee und Kuchen in netter Gesellschaft gibt. Wie sagt Markus immer: „Christof, schau mal, so viele hübsche Frauen!“ Denn meist gesellen sich meine Töchter und ihre Freunde, Nachbarn,

Aziz und auch mein Mann dazu. Unsere Freunde und Nachbarn haben die eine oder andere Besonderheit. Die Kaffeetafel am Samstag ist etwas Besonderes. Meine Tochter Marie bringt es auf den Punkt: „Wo sitzen sonst Behinderte, psychisch Kranke, Homosexuelle, Flüchtlinge und Normalos so nett beieinander?“

Auch Markus` Betreuer ist sehr erstaunt über das nette Miteinander. Markus ist ein wahrlich lieber Mensch, allerdings machen ihm Menschen mit Migrationshintergrund Stress. Als uns Flüchtlinge auf der Straße ansprechen, ob sie ein Foto von Marcahn machen dürften, hat sein Betreuer alle Hände voll zu tun, Markus zu beruhigen. Markus` Vater muss ihm als Kind schlimme Geschichten über Ausländer erzählt haben. Umso erstaunlicher ist Markus` Reaktion auf Aziz. Sein Betreuer und ich fürchten Schnappatmung und Hyperventilieren. Aber Markus schaut Aziz an, stutzt kurz, sagt dann: „Syrien!“ und lächelt. Glasklar erkannt. Aziz ist erstaunt, und ich bin auch wieder einmal über Markus` geografische Kenntnisse erstaunt. Markus ist in seiner Kindheit und Jugend viel mit dem Wohnmobil unterwegs gewesen. Noch heute kennt er die Hauptstädte vieler Länder. Auf unserer Spazierrunde werde ich regelmäßig abgefragt. „Petra! Warst du schon mal in Spanien? Frankreich? Holland? Tunesien?“ Ich muss fast alles verneinen, und auch bei der Frage nach den Hauptstädten muss ich passen. Das ist dann Markus große Stunde. „Petra, Barcelona, Paris, London, Botswana?“ Tja, und Syrer kann Markus auch auf den ersten Blick erkennen.

Von Blockflöten, Saz und Laternenliedern

Dank Aziz bekomme ich nicht nur Einblick in die bildenden Künste. Ich besuche mit Aziz mehr Konzerte als in meinen ersten 50 Lebensjahren; die Musikschulkonzerte, bei denen meine Mädels die Triangel geschlagen oder in eine Blockflöte gepustet haben, nicht mitgezählt. Mir wird schnell klar, dass ich Aziz mit den Konzerten der heimischen Musikschule nur begrenzt Freude bereite; selbst wenn das Niveau über Triangel und Blockflöte liegt. Er bleibt stets höflich, macht mich aber auf so viele Fehler der Musiker aufmerksam, dass ich beschließe, das Niveau zu heben. Eine Freundin macht mich auf das „Morgenland-Festival“ in Osnabrück aufmerksam. Sie besucht es mit Begeisterung seit Jahren. Ich zeige Aziz die Homepage des Festivals, und er ist Feuer und Flamme. Er kennt viele der Musiker, die dort erwartet werden: Kayhan Kalhor, Toumani Diabate, Alim Quasimov. Ein Musiker stammt sogar aus der Nähe seiner Heimatstadt. Mir sagt keiner der Namen etwas, aber ich freue mich darauf, Neuland zu betreten und so bestellen wir Karten. Zusammen mit Freunden fahren wir die gesamte Festivalzeit jeden Abend nach Osnabrück, treffen dort Hassan, essen gemeinsam eine Pizza und gehen dann ins Konzert. Okay, der Aufwand ist groß, der Schlafmangel auch, aber es ist umwerfend. Ein Musiker, Kayhan Kalhor aus dem Iran spielt gemeinsam mit dem malischen Musiker Toumani Diabate. Kayhan Kalhor spielt eine Kniegeige. Von der Existenz des anderen Instruments hatte ich zuvor nicht den Hauch einer Ahnung. Es sieht aus wie ein Kürbis, aus dem man eine Harfe gebaut hat. Es klingt unbeschreiblich. Das Zusammenspiel der beiden Männer ist so schön, dass mir die Tränen über die Wange laufen. Ich schließe die Augen und sehe die Heimat der Musiker vor mir, spüre die Sonne und habe das Gefühl, einen Funken ihres Lebensgefühls spüren zu dürfen.

Die beiden Musiker spielen hochkonzentriert anderthalb Stunden. In diesen anderthalb Stunden vergesse ich Raum und Zeit und wünsche mir, sie würden nie aufhören zu spielen.

Meine eigenen musikalischen Aktivitäten beschränken sich darauf, mit meinen Reitkindern im Wald „Pippi Langstrumpf“ oder mit meinem Freund Hugo am Lagerfeuer „Bolle reiste jüngst zu Pfingsten“ zu schmettern. Mein Motto: Nicht schön, dafür laut. Selbstverständlich habe ich früher mit meinen Töchtern Rolf Zuckowskis Vogelhochzeit vorwärts und rückwärts gesungen, kenne die „Weihnachtsbäckerei“ in- und auswendig und natürlich kann man mich nachts wecken und ich bin sofort in der Lage „Meine Biber haben Fieber“ zu singen; wahlweise auch „Pitsch Patsch Pinguin“ oder „Laudatosi“. Aber irgendwann kommen Kinder in die Pubertät und spätestens dann sind singende Mütter hochnotpeinlich. Okay, jetzt singe ich mit meinen Reitkindern, unter der Dusche und im Auto, wenn meine Lieblingslieder im Radio kommen. Ich bin also ein wenig aus der Übung und wahrscheinlich auch nicht besonders talentiert, aber ich liebe gemeinsames Singen.

Und deshalb liebe ich Sankt Martin. Das Sankt-Martins-Fest liegt mir am Herzen. Wir laden jedes Jahr auf unserem Hof zum Laternengang ein. Dazu stellen wir überall kleine Laternen auf und entzünden ein Lagerfeuer. Bisher funkelten jedes Jahr zahlreiche Sterne am Himmel mit dem Lagerfeuer und den Laternen um die Wette. Wir beginnen mit einem kleinen Martinsspiel. Alle Kinder, Mamas, Papas, Omas und Opas stehen mit ihren Laternen um den Reitplatz und singen laut die gesamten Strophen des Martinliedes. „Sankt Martin, Sankt Martin, Sankt Martin ritt durch Schnee und Wind, sein Ross, das trug ihn fort geschwind ...“ Für die Erwachsenen gibt es Liederzettel. Die Ausrede „Ich habe den Text vergessen“ lasse ich nicht gelten. Auf dem Reitplatz reitet Sankt Anne auf Jou um ein Lagerfeuer an dem Klein-Lotta in einen Kartoffelsack gehüllt sitzt. Jou steht brav still beim armen Mann, Anne teilt den Mantel, also unsere ausgedienten roten Wohnzimmervorhänge, mit dem Schwerte und reitet dann in Eil` mit Jou wieder fort geschwind; im Galopp. Ein Wort zum „Schwerte“: Wir leihen uns jedes Jahr ein Schwert von unseren Nachbarsjungen. Und jedes Jahr führe ich eine lange Diskussion mit den Jungs darüber, dass es zwar total lieb von ihnen ist, dass sie mir auch ihr Laserschwert – wahlweise in blau, rot oder grün oder sogar mit Farbwechsler - leihen würden, dass aber Sankt Martin besser mit einem Holzschwert den Mantel teilt. Auch wenn das deutlich weniger cool aussieht. Irgendwie bin ich da altmodisch; und habe ja auch eine Laserschwertallergie. Im Anschluss an das theatralische Anspiel ziehen wir los. Wir, das sind etwa 50 Kinder mit Laternen in Begleitung von Mama, Papa, Oma oder Opa, unsere Hunde und Ponys. Wir brauchen für die kleine Runde durch den Wald, die ich ansonsten in zehn Minuten zurücklege, etwa 40 Minuten. Zwischendurch bleiben wir immer wieder stehen. Zum einen, damit nicht die ersten bereits wieder auf dem Hof sind, bevor die letzten ihn verlassen haben, und zum anderen, um gemeinsam Laternenlieder zu singen. Wir singen alle Laternenlieder, die ich kenne. Beim ersten Stopp ist der Gesang noch etwas verhalten und piepsig. Nur etwa die Hälfte der Kinder singt mit. Doch ich gebe alles. Ich versichere Mama, Papa, Oma und Opa, dass ich erkennen kann, wenn sie nur tonlos die Lippen bewegen. Und spätestens beim dritten Stopp singen alle lauthals mit „Laterne, Laterne“, „Durch die Straßen auf und nieder“ und „Ich geh mit meiner Laterne.“ Ich versichere: Im dunklem Wald im Schein von etwa 50 Laternen gemeinsam zu singen, das hat was. Da leuchten nicht nur die Laternen und Kinderaugen. Auch beim Singen gilt: „Bange machen gildet nicht!“ Und natürlich auch: „Ich bin vor nix fies!“ Wer Hemmungen überwindet, hat deutlich mehr Spaß am Leben. Beim abschließenden Martinsbrezelessen und Glühpunschtrinken für einen guten Zweck am Lagerfeuer versichern mir viele Mamas, Papas, Omas und Opas: „Euer Laternengang ist etwas Besonderes. Er macht selbst mir Spaß. Er tut einfach gut!“

In diesem Jahr begleitet uns Aziz. Okay, er ist noch nicht besonders textsicher. Aber dank Martinsspiel auf dem Reitplatz hat er eine Ahnung, um was es geht. Nachdem alle Mamas, Papas, Omas, Opas und Kinder den Hof verlassen haben, sitzen wir noch in Ruhe am Lagerfeuer und genießen die Stille, den Sternenhimmel und ein Bier. „Petra, das ist gut für Kinder. Es braucht 1000 Jahre, bis wir das in Syria haben.“ Ich hoffe, dass Aziz diese Erfahrungen nie vergisst und ein wenig davon – sollte er in seine Heimat zurückkehren – mitnehmen und weitergeben kann.

Die eigenen vier Wände

Aziz wohnt gerne in unserem Wohnwagen. Die gemeinsame Nutzung von Bad und Küche ist völlig problemlos. Aziz passt sich unserem unkonventionellen Lebensstil mühelos an. Aber selbstverständlich hegt er den Wunsch nach den eigenen vier Wänden. Haltern hat viel zu bieten: Einen Stausee, eine schöne Innenstadt, nette Menschen. Aber eines ist Mangelware: Bezahlbarer Wohnraum. Klar, denn viele Menschen möchten hier leben. Nicht umsonst heißt es: „Leben, wo andere Urlaub machen".

Wohnungssuche in Haltern ist ein Thema für sich. Manchmal hat man den Eindruck, man findet schneller ein kariertes Maiglöckchen als eine bezahlbare, bewohnbare Wohnung, besonders für Menschen aus dem Ausland. Und das Ausland beginnt für manche Ureinwohner Halterns „jenseits der Lippe". Marl, Recklinghausen und der Rest des Ruhrgebiets sind Ausland, inklusive der Fremdsprachenproblematik. In Haltern versteht niemand: „Komma bei die Omma bei!", auch nicht „Mach ma`die Mäh ei" und „Gleich feiert dein Pöppes Kirmes" ist so unverständlich wie Suaheli rückwärts. Syrien, der Irak, Afghanistan oder die Niederlande rangieren jenseits von gut und böse. Ich habe oft für Aziz` Freunde ein Telefonat geführt, um den ersten Kontakt herzustellen. Hier ein kleiner Auszug der Reaktionen von Vermietern, wenn sie hören, dass die Wohnung für einen jungen Syrer sein soll: „Oh, das geht leider nicht. In dem Haus wohnen noch ältere Damen. Die fürchten sich. Die möchten keine jungen Männer als Nachbarn. Tut mir leid, da kann ich nichts machen." „Nee, das geht nicht. Ich muss an die Sicherheit meiner Frau und meines Kindes denken." „Also, ich hätte schon gerne einen ordentlichen Mieter." Manche Vermieter haben auch kommentarlos aufgelegt.

Über meinen Hinweis, dass sie mit Sicherheit lieber Jidar als mich als Mieter hätten, weil Jidar einer der ordentlichsten Menschen ist, die ich kenne. Und auch über den Hinweis, dass in Syrien niemand kleine Kinder oder Frauen mit Senf zu sich nimmt, konnte kein Vermieter lachen. Also, Wohnungssuche für geflüchtete Menschen ist eine recht humorlose Angelegenheit.

Aber Aziz hat Glück. Eine Freundin von Marie zieht aus, sucht einen Nachmieter und der Vermieter lässt sich überzeugen, dass Aziz ein ordentlicher Mensch ist, keine älteren Damen erschreckt und auch nicht über junge Mütter mit Kindern herfällt. Der Vermieter ist froh, dass alles naht- und komplikationslos über die Bühne geht. Und so bezieht Aziz stolz sein erstes eigenes Heim. Bei der Beschaffung der Möbel bin ich von der Hilfsbereitschaft vieler Menschen überwältigt. Ein Freund von mir schenkt ihm 100 Euro für die Übernahme der Küche, über Eltern unserer Reitschüler bekommt er ein Bett, Schränke, Regale, Teppiche und einen Kühlschrank. Unser Nachbar startet ein „Feng shui" und entrümpelt sein Haus. Aziz erbt Töpfe, Besteck, Teller, Küchentisch und Stühle. Meine Eltern reduzieren (endlich!!!) ihre Unmengen an Bettwäsche, Hand- und Trockentüchern. Um es kurz zu machen: Aziz muss nichts kaufen und sitzt Mitte Juni in einer komplett eingerichteten Wohnung. Okay, „Schöner Wohnen" hätte sicher noch die eine oder andere Anregung, aber Aziz freut sich riesig und ist dankbar. Auch wenn jetzt ein paar Kilometer zwischen uns liegen. Die enge Verbundenheit und der regelmäßige Kontakt bleiben.

Ohne Lächeln ist alles noch schlimmer

Ein Blick in die Nachrichten ist selten ein Grund zur Freude. Durch die Freundschaft zu Aziz gehen mir Meldungen über brennende Flüchtlingsunterkünfte, ausländerfeindliche Parolen und Übergriffe, Abschiebungen in ach so sichere Heimatländer, die Erschwerung der Familienzusammenführung, das Erstarken „alternativer" Parteien, die wirren Ideen eines wirren Präsidenten, die Situation der Flüchtlinge an den geschlossenen Grenzen und Berichte über im Mittelmeer ertrunkene Menschen wesentlich tiefer unter die Haut als früher. Die „Flüchtlingsproblematik" hat ein Gesicht und einen Namen bekommen. Es macht mich traurig, wenn Aziz mir erzählt, dass Menschen in der Fußgängerzone zur Seite schauen und sein Lächeln nicht erwidern. Ich schäme mich, wenn er mir erzählt, dass ihn niemand begrüßt, er kein Getränk angeboten bekommen hat und er `wie Luft` behandelt wurde. Für Menschen in Syrien hat `Gastfreundschaft` einen hohen Stellenwert. „Petra, wenn du in meine Stadt kommst und alle sehen, du bist fremd, Petra, dann wir machen alles, dass du froh bist." Nichtbeachtung verletzt Menschen aus Syrien zutiefst. „Petra, bin ich hässlich?" fragt Aziz mich mehr als einmal. Meine Betroffenheit ist nicht mehr abstrakt, sie ist persönlich geworden. Leider lässt sich die Liste der Schreckensmeldungen, der Unaufmerksamkeiten und Missverständnisse fortführen. Ich möchte vor diesem Leid nicht die Augen verschließen. Aber ich möchte auch nicht, dass mich der Schrecken blind macht für die Hoffnungsschimmer.

Die gibt es! Aziz bekommt seine gesamte Wohnungseinrichtung geschenkt, Schüler unserer Hauptschule entwerfen ein Kochbuch und verkaufen es zugunsten eines behinderten Mädchens aus

Albanien. Anonyme Spender überweisen dem Asylkreis 500 Euro, damit dieses Mädchen ein behindertengerechtes Fahrrad bekommt. Mehrere Rentner tun sich zusammen, um gemeinsam mit Flüchtlingen Fahrräder zu reparieren, damit jeder Flüchtling ein eigenes Fahrrad bekommen kann. Eine ältere Dame lässt einen jungen Mann aus dem Irak regelmäßig auf ihrem Klavier üben. Der Heimatverein und Flüchtlinge üben gemeinsam Volkstänze. Auch diese Liste lässt sich – Gott sei Dank – fortführen. Aziz erzählt mir immer wieder: „Petra, bei der Flucht wir waren so müde, sehr müde. Wenn wir nach Deutschland kommen und sehen wie Menschen winken und lachen. Da alles müde weg!“ Auch wenn wir den Schrecken in der Welt nicht weglächeln können: Ohne Lächeln wäre es noch schrecklicher!

Versteckte Pferde, Bauwagen und ganz viel Farbe

In der Herbstferien geht es auf unserem Hof sehr kreativ zu. Wir machen der Kunstakademie Konkurrenz. Von Montag bis Donnerstag malen, basteln und gestalten wir zusammen mit 15 Kindern und einer Kunst- und Gestaltungstherapeutin was das Zeug hält. Am Freitagnachmittag werden Eltern, Omas, Opas, Tanten und Onkel und Nachbarn zur Vernissage eingeladen und die Kunstwerke für einen guten Zweck versteigert. Aziz hilft mir und hat Spaß. Er ist begeistert von der Kreativität der Kinder. „Petra, schau, alle Kinder können rufen „Fertig!". Ich kann das nicht. Ich lerne das von Kindern." Die Kinder malen ihr Lieblingstier mit Acrylfarben auf Leinwand. Luc, Amigo, Lotte und auch die Hühner müssen Modellsitzen, bzw. -stehen. Die Stilrichtungen reichen von expressionistisch über impressionistisch bis hin zu sehr abstrakt. Aziz muss herzhaft lachen, als Klein-Lina ihm auf seine Frage „Wo ist dein Pferd, Lina?" versichert: „Das hat sich versteckt!" Auf Linas Leinwand geht es bunt zu: rot, gelb, grün, blau und natürlich jede Menge pink sind übereinander geschichtet und miteinander vermischt. Lina ist echt empört, dass Aziz das versteckte Pferd hinter dem Farbenarrangement nicht entdecken kann. Auf Charlottas Leinwand sieht es ähnlich aus. Bei ihr dominiert jedoch nicht pink, sondern lila. Aziz fragt: „Charlotta, was ist das?" Es kommt wie aus der Pistole geschossen: „Das ist Amigo!!! Siehst du das nicht?" Nur ihre gute Erziehung hindert sie daran „Du Kunstbanause!" hinterher zu schicken. Nun, wahrscheinlich gehört „Kunstbanause" auch nicht in den Wortschatz einer Vierjährigen. Aber auf jeden Fall bleibt Charlotta bei aller Empörung höflich.

Charlotta ist Aziz ganz besonders ans Herz gewachsen. Er bewundert ihre selbstbewusste Art, die aber nie in Respektlosigkeit oder Egoismus ausartet. Charlotta weiß, was sie möchte, aber sie ist stets sozial und hilfsbereit. „Petra, in Syrien kein Kind ist so. Petra, selbstständig, das ist nicht wichtig in Syria. Alte, große Menschen sagen immer, was wir machen sollen." Ich verstehe jetzt ein wenig besser, warum es Aziz oft schwer fällt, Entscheidungen zu treffen; vor allem wesentliche Entscheidungen. In seiner Heimat wird kein Kind danach gefragt, was es gerne werden möchte. Lebensträume und -wünsche zählen nicht. Dass sein Wunsch, Künstler zu werden, Realität werden könnte, das erscheint ihm wie eine Geschichte aus „1000 und einer Nacht". „Selbstverwirklichung" diesen Luxus kann man sich in Kriegsländern nicht leisten.

Zu den Highlights der Woche zählt sicherlich das Bemalen unseres Bauwagens. Unter der Anleitung von Aziz und mit seiner tatkräftigen Unterstützung verwandelt sich das dunkle Monstrum in eine bunte Blumenwiese über die Bonni mit hochstelltem, wehendem Schweif und flatternder Mähne galoppiert; in Lebensgröße. Ich liebe dieses Bild. Bonni ist unser Senior und mit seinen 25 Jahren ziert das eine oder andere weiße Haar bereits seinen Kopf. „Wie der Herr, so das Geschär", wie Opa Jupp zu sagen pflegt. Wobei ich wesentlich mehr graue Haare habe als unser Pferd. Nun, Bonni ist für sein Alter topfit. Sobald ein Hindernis auf dem Reitplatz steht, verjüngt er von Minute zu Minute. Er liebt es zu springen und im Parcours seine Schnellig- und Wendigkeit unter Beweis zu stellen. Im Herbst fegt er mit Anne über die Stoppelfelder, da bleibt kein Auge trocken. Da räumt er jeden Zweifel aus, wer denn das schnellste Pferd unserer Herde sei. Die Kinder können es nicht glauben. Denn Bonni ist für sie das geduldigste Pony der Welt.

Ruhig und sanft trägt er alle ängstlichen Klein-Lisas, Marias und Julias und lässt sich auch von ADHS-Kevin, Pascale und Jeremi nicht aus der Ruhe bringen. Auf Bonni haben meine Töchter reiten gelernt, und jetzt vermittelt er allen unseren Reitschülern ein sicheres Gefühl. Bonni hat im Herzen unserer gesamten Familien einen ganz besonderen Platz. Wir sind Aziz dankbar, dass dieses tolle Pony nun auf unserem Bauwagen verewigt ist, auch Aziz ist schon auf Bonni geritten. Klar, Bonni ist ein Araber; da dürfte es keine Verständigungsschwierigkeiten geben. Die beiden verstehen sich und so begleitet uns Aziz manchmal bei Ausritten. Wer in Syrien durch die harte Schule des Eselreitens gegangen ist, der hat auf Pferden keine Angst.

In den Sommerferien kommen nachmittags etwa zwanzig Kinder zur Ponywoche. Fünf Tage dürfen sie einige ihrer Ponyträume wahr werden lassen. Sie galoppieren zwar nicht „in echt“ mit ausgestreckten Armen wie Mika auf Ostwind über ein Stoppelfeld, aber „gefühlt“. Es kommt gar nicht darauf an, ob man im Schritt an der Longe mit ausgebreitetenen Armen reitet oder über ein Stoppelfeld fegt. Das Strahlen im Gesicht von Marlene, Klara, Jan und Co. kann es mit dem Kinolächeln von Mika, Bibi und Tina ohne Zweifel aufnehmen. In unserer Ponywoche wird nicht nur geritten. Wir bemalen die Ponys mit Fingerfarbe, wandern mit ihnen zur Eisdiele, nehmen sie mit zum Picknick in den Wald und erledigen Arbeiten rund um´s Pferd. Ja, das Einsammeln der Pferdeäpfel zählt wieder zu den Highlights. Von Eisdielenbesuchen und Picknicks lassen wir uns auch nicht abhalten, wenn Klein-Simone, vier Jahre jung, uns versichert, dass sie nichts Süßes essen dürfe, da sie gerade eine Darmsanierung mache. Okay, wie singen die „Ärzte“? „Das sind Dinge von denen ich gar nichts wissen will ...“ Zum Glück mag Klein-Simone gerne Gurkenscheiben.

Die teilt sie sich mit Lara, Maren, Vincent und vielen anderen, die eine Glutenlactosefructoseintoleranz haben oder einfach nur Veganer sind. Ehrlich, die Planung eines Vier-Gänge-Menüs (in meiner Jugend, versteht sich) ist ein „Klacks“ gegen das Zusammenstellen eines Picknickkorbes.

Es gehört zu den schönsten Komplimenten meines Lebens, als mir der Vater von Klein-Sina erzählt, dass die Erzieherinnen im Kindergarten ihn gefragt haben, was mit seiner Tochter los sei. „Sina wird von Tag zu Tag selbstbewusster und größer. Sie sagt, was sie möchte und gibt nicht mehr so schnell klein bei“, so die Erzieherinnen. Sie wissen nicht, dass Sina die Ponywoche besucht. In solchen Momenten weiß ich, wofür ich arbeite, auch wenn ich im strömenden Regen manchmal leise vor mich hin schimpfe und im Sommer jede Sekretärin in ihrem klimatisierten Büro um ihren Job beneide, während ich Staub schlucke, schwitze und Antibremsenspray versprühe, das den ganzen Hof in eine übelriechende Gaswolke hüllt; (was alle stört, nur die Bremsen nicht). Ich bin hier auf meinem Hof in meinem Element und möchte keinen anderen Job der Welt machen. Ich bin dankbar dafür, dass ich meine Fähigkeiten nutzen und für andere einsetzen kann. Ich bin dankbar dafür, dass mich hierbei meine Familie und meine zwei- und vierbeinigen Freunde unterstützen. Ich bin dankbar für dieses tolle Team!

In diesem Jahr gehört Aziz mit zum Team. Und er hat eine geniale Idee: „Petra, wir machen Wasser auf den Sand.“ Ich verstehe, was er meint. Wir legen mit Hilfe eines Schlauchs eine Wasserleitung auf unseren Reitplatz und bekommen so ein wunderbares Matschparadies. Dass ich da nicht von allein drauf gekommen bin. Nicht nur die Kinder sind begeistert. Ich auch!

Wir brauchen nach dem Ponyprogramm nicht den Hauch von „Animation“ mehr. Kaum stehen Amigo, Bonni und Balu wieder auf der Weide, heißt es: „Macht ihr bitte das Wasser an?“ Und dann kennt die Begeisterung keine Grenzen mehr. Egal ob vier Jahre jung oder zwölf Jahre alt, (ehrlich gesagt haben auch 50jährige und 22jährige Spaß), egal ob Mädchen oder Junge, egal ob „Prinzessin auf der Erbse“ oder „Daniel Düsentrieb“, alle bauen mit Begeisterung den Halterner Stausee auf unserem Reitplatz nach, errichten Dämme, bringen diese wieder zum Einsturz, lassen Wasser, Sand und Matsch durch die Finger und Zehen gleiten, bauen Türme oder hüpfen im Miniatursee. Alle sind zufrieden. Niemand möchte nach Hause. „Mama! Noch fünf Minuten!“ ertönt es, sobald die Eltern zum Abholen kommen. Ich glaube in den Augen von manchen Eltern den Wunsch zu erkennen, doch mitmatschen zu dürfen. Das Problem, die völlig vermatschten Kinder im sauberen Firmenwagen nach Hause zu befördern, lösen wir, indem ich gelbe Säcke verteile. Oben ein Loch für den Kopf, an der Seite zwei Löcher für die Arme und fertig ist das „Ganzkörperkondom“, in dem man Schlamm-Lina und Co. transportieren kann. Nachts toben unsere Pferde über den Reitplatz und zerstören den Halterner Stausee, die Dämme und Türme. Kein Problem, am nächsten Tag heißt es wieder „Wasser Marsch“, „Wir machen Wasser auf Sand!“ Danke Aziz für diese einfache, tolle Idee!

Nicht einen Punkt, sondern drei

Es ist typisch. Erst finde ich keinen Anfang, dann kein Ende. Aber da es die „Unendliche Geschichte“ ja schon gibt, wird es Zeit, dass ich einen Punkt mache. Es gäbe noch so viel zu erzählen: Von unzähligen Deutschstunden - „Komm Petra. Bitte setzen, wir diskutieren. Sag ein Thema.“ - von Arztbesuchen, Ballettaufführungen, Bowlingabenden, Partys und Fahrradtouren und und und

Wenn ich jetzt einen Punkt setze, dann geht die Freundschaft zwischen Aziz, meiner Familie und mir zum Glück weiter. Ich freue mich auf viele weitere Abende am Lagerfeuer, Diskussionen über Gott und die Welt, auf Missverständnisse und Verstehen ohne Worte, viele neue Bilder, Museums- und Theaterbesuche, Tiefkühlpizzen und wenn es sein muss, auch auf Hühnermägen.

Dafür nehme ich es in Kauf, dass mir beim Lesen, Hören oder Sehen der Nachrichten häufig die Tränen kommen, dass mein Blutdruck steigt und meine Toleranz versagt, wenn ich ausländerfeindliche Parolen höre (ja, dazu gehören auch dumme Stammtischsprüche) und dass meine Geduld und meine Nerven auf eine harte Probe gestellt werden, wenn es anscheinend keinen Weg gibt, eine Familienzusammenführung für Familie M. zu realisieren. Aber ich hoffe sehr, dass Aziz seine Eltern irgendwann wieder in die Arme schließen kann; hier oder in einem Syrien, in das Frieden eingekehrt ist. Und, ich verspreche hiermit feierlich: Wenn es Frieden in Syrien gibt, überwinde ich meine Flugangst und besuche Aziz Heimat und seine Familie. Bange machen gildet nicht! Und jetzt kommt er, der Punkt. Nein! Ich mache drei Punkte, denn es geht ja glücklicherweise weiter …

DANKE!

Danke Aziz! Du bist ein besonderer Mensch, und du bereicherst mein Leben und das unserer Familie. Du gehörst zu unserer Familie.

Danke Matthias! Du bist der beste Ehemann der Welt. Ohne deine Ruhe, Ausgeglichen- und Besonnenheit würde mir der wichtigste Teil in meinem Leben fehlen. Ich würde dich jederzeit wieder heiraten.

Danke Lisa, Marie, Anne! Ihr seid die besten Töchter der Welt! Wir sind füreinander da, nicht nur, wenn es brennt. Und ihr ertragt mein Chaos mit bewundernswerter Gelassenheit! Ich bin stolz auf euch!

Danke Mama und Papa! Ihr helft, wo ihr könnt und habt mir ein gutes Rüstzeug fürs Leben mitgegeben. Von meiner Kindheit kann ich heute noch zehren!

Danke Oma! Nicht nur deine Weisheiten „Bange machen gildet nicht!“ und „Ich bin vor nix fies!“ bleiben mir unvergessen; auch deine Pfannkuchen, deine Knackwaffeln, deine Geduld und dein Humor!

Danke Asylkreis Haltern! Ihr bringt Licht ins Dunkle; ins Dunkel des Behördendschungels, ins Dunkel der Job- und Wohnungssuche, ins Dunkel des eintönigen Alltags. Ohne euch wäre die Welt wesentlich dunkler!

Danke an alle Künstler! Ihr bringt Farbe ins Leben und haltet uns den Spiegel vor. Ihr zeigt uns, dass es im Leben um mehr geht.

Danke Mama-XY! Ihr seid tolle Eltern, und ich bin dankbar, dass ihr mir eure Kinder zeitweise anvertraut. Ich möchte euch im Bemühen, dass Beste für eure Kinder zu geben, unterstützen. Ihr erzieht die Zukunft! Ihr verdient Respekt!

Danke Leni, Chantal, Kevin, Jan und Co! Ihr seid wunderbare Kinder! Ich danke euch, denn mit euch kann ich die Welt neu entdecken. Ihr bringt mich immer wieder auf neue Gedanken. Mit euch kann ich im Wald Lieder singen. Von euch kann ich sooooo viel lernen!

Danke Hassan und Hussein! Ihr seid die tollsten Sazspieler! Dank euch durfte ich ein wenig der Schönheit des Orients spüren.

Danke Ashraf und Selma, die Eltern von Aziz! Ihr habt Aziz Werte vermittelt, die es ihm ermöglichen, unserer Kultur wertschätzend und tolerant zu begegnen. Ich zolle euch Respekt! Einer meiner größten Wünsche ist es, euch persönlich kennenzulernen. Inshalar.

Danke an die Freunde und Schwestern von Aziz! Ihr helft mir beim Blick über den Tellerrand. Und ihr habt so manches leckere Gericht auf meinen Teller gezaubert. Danke für eure Gastfreundschaft und die Einblicke in eure Art zu leben und zu denken.

Danke an alle meine Freunde! Ihr macht mein Leben sinn- und wertvoll. Mit euch kann ich lachen und weinen. Mit euch an meiner Seite ist das Leben doppelt so schön und nur halb so schrecklich!

Danke Lutz für deine technische Unterstützung!

Danke Britta fürs Fotografieren!

Danke Rieke fürs Gestalten der Umschlagseite!

Danke Paul, Martin, Hugo, Gertrud, Rosie und Matthias fürs Fehlersuchen!

Danke an alle, die mich ermutigt haben. Ihr macht´s möglich!

Das Rezept für MARIA:

Man benötigt:

- eine Taucherbrille zum Schneiden der Zwiebeln
- 500 Gramm Hühnerbrust
- 1 Kilogramm Zwiebeln
- 1 Tomate
- Gemüsebrühe, Salz und Paprika zum Würzen
- 1 Bund Petersilie
- Öl zum Anbraten
- arabisches Brot

Zwiebeln und Fleisch sehr klein würfeln. Zwiebeln glasig dünsten, Fleisch hinzugeben und längere Zeit garen; dabei ständig umrühren. Je nach Geschmacksempfinden würzen. Die Tomate klein würfeln, hinzugeben und kurz mitkochen lassen. Petersilie klein hacken und ebenfalls zu der Masse geben.

Das Brot vierteln und die Ober- und Unterseite von einander trennen. In diese Viertel einen guten Esslöffel der Zwiebelhühnerfleischtomatenpetersilienmasse geben. Das Brotviertel zu einem Röllchen drehen. Die Röllchen mit der Füllung kommen für etwa 10 Minuten bei 180 Grad in den Backofen.

Guten Appetit!

Bilder

Willkommen in Deutschland!
Bonny

Landgut
HÄHNCHEN
MÄGEN
von jungen Hähnchen
tiefgefroren
500 g ℮

MENSCH
AZIZ MAHMOUD
Ist als Flüchtling aus Syrien gekommen. Er ist Künstler.
„Kunst ist eine Sprache, die alle Menschen verstehen."
AUSSTELLUNG
in der Stadtsparkasse, Koeppstr. 2
22. August bis 09. September 2016
AUSSTELLUNGSERÖFFNUNG
19.08.2016 / 15Uhr
mit Livemusik von Hussein & Hassan Mahmoud

peace

Fotoverzeichnis

Darf ich vorstellen? Auf den Bildern sind zu sehen:

Seite 111: Hassan, Bahram Hajou, Hussein und Aziz bei der Ausstellungseröffnung

Hassan und Hussein, die Brüder von Aziz

Seite 112: Aziz mit „Großeltern“, mit Leo und Brigitte Herrmann Eröffnung der Grillsaison 2017

Seite 113: Aziz mit Balu

Seite 116: Petra auf Balu

Seite 117: Aziz

Die Fotos von Seite 102, 103 (unten), 105, 109, 110 (unten), 112, 113 und 114 sind von Britta Liebig; das Foto auf Seite 108 (unten) ist von Benjamin Glöckner.

Umschlaggestaltung: Rieke Hellmich

Lebenslauf Petra Herrmann

Petra Herrmann weiß ihr Geburtsdatum genau: der 30.1.1966. Petra Herrmann studierte Religionspädagogik und auf Lehramt und arbeitet als freie Journalistin. Sie lebt mit ihrer Familie – drei Töchtern und ihrem Ehemann – auf einem kleinen Hof in Haltern am See. Zum Hof gehören Pferde, Hunde, Kaninchen, Frösche, Minischweinen, Katzen, viele Kinder, deren Eltern und Aziz M. Mit Aziz M. zogen „Freiheit, Kunst und Hühnermägen" in ihr Leben mit ein. Über die daraus resultierenden Veränderungen dürfen alle Leser gerne mitlachen und nachdenken.

Lebenslauf Aziz Mahmud

Aziz M. Wurde 1995 in Derbassja in Syrien geboren. Derbassja liegt im Nordosten Syriens, nahe der türkischen Grenze. Aziz M. ist Kurde. Seinem genauen Geburtsdatum wird in seiner Kultur nicht so viel Bedeutung beigemessen. Er ist das fünfte Kind der Familie. Zwei seiner Schwestern leben, so wie seine Eltern auch, noch in Syrien.

Er, seine beiden Brüder und drei anderen Schwestern sind nach Deutschland geflohen. Nach seinem Abitur wollte Aziz M. studieren. Eine Bombe zerstörte die Universität. Im Januar 2016 kam er nach Haltern am See, lernte über Facebook die freie Journalistin Petra Herrmann kennen und dann nahm die Freundschaft inkl. „Freiheit, Kunst und Hühnermägen" seinen Lauf.